Stahlstich von James Hopwood
nach einer Zeichnung von J. Kurowski

JULIUSZ SŁOWACKI

DES DICHTERS GRÖSSTER RUHM

Ausgewählte Lyrik
Polnisch – Deutsch

Übersetzt von Christoph Ferber
Mit einer Einführung von Peter Brang
und einem Nachwort von
Ulrich Schmid

DIETERICH'SCHE VERLAGSBUCHHANDLUNG
MAINZ

ISBN 3-87162-041-6

Gesetzt aus der Stempel Garamond
Gesamtherstellung:
AZ-Druckhaus, Kempten/Allgäu
Einband nach einem Entwurf von
Rambow und van de Sand, Frankfurt am Main

Inhaltsverzeichnis

Zur Einführung

Juliusz Słowacki (1809–1849), einer der drei großen Romantiker der polnischen Literatur, hat ein eigentümliches Schicksal gehabt. Polens literarische Öffentlichkeit nahm sein Werk zunächst nur zögernd und sehr verspätet an. Schuld daran trugen vielerlei Faktoren – die politischen Verhältnisse des geteilten Landes, der frühe Tod des Dichters im französischen Exil, nicht zuletzt aber auch der Charakter seines Werks: Seine Dichtung war so neu in ihrem Ideengehalt wie in ihrer künstlerischen Form, daß sie zunächst von den Lesern nicht verstanden wurde. Nur wenige Zeitgenossen, so die Dichter Krasiński und Norwid, wußten sie zu schätzen. Es war denn auch Cyprian Norwid, der 1860 als erster in seinem Pariser Vorlesungszyklus auf Słowacki aufmerksam machte. Gleich Norwid hat auch Słowacki viele spätere Entwicklungen vorweggenommen – das „Junge Polen“ der Jahrhundertwende, die polnische „Neoromantik“, hat auf ihn zurückgegriffen; aber auch spätere literarische Richtungen wie die Avantgarde wußten sich mit ihm nicht selten im Einverständnis. Słowacki war der „romantischste“ unter den polnischen Romantikern, der kosmischste. Man hat ihn mit Keats verglichen, wegen des Klangzaubers und der Bildfülle seiner Dichtung, und mit Novalis, dem Erfinder des Symbols der blauen Blume, wegen der Traumhaftigkeit seiner Poesie und jenes Unendlichkeitshauchs, der sie durchweht.

Nicht wenige Werke Słowackis wurden erst postum veröffentlicht, mitunter an entlegener Stelle. Bei vielen Texten kennt man das Entstehungsjahr nicht, eine chronologische Anordnung ist deshalb nur bedingt möglich. Erst 1909, sechzig Jahre nach seinem Tod, erschien, in zehn Bänden, eine erste kritische Gesamtausgabe dieses großen Dichters. Symbolisch für die verspätete Anerkennung Słowackis war es, daß die Gebeine seines Rivalen Adam Mickiewicz schon 1890 in die Königsgruft auf dem Wawel in Krakau überführt wurden, die seinen erst 1927.

Daß Słowacki in Polen lange nicht richtig gewürdigt wurde, wirkte sich auch auf seine Rezeption im Ausland aus. Freilich waren schon die Genres, die Słowacki bevorzugte, einer Verbreitung seiner Dichtung jenseits der Sprachgrenzen nicht eben förderlich. Sein Werk besteht aus einer Reihe von Verspoemen, aus romantischen Dramen, die sich für die traditionelle Bühne kaum eignen, und aus lyrischen Gedichten. Er hat ein Œuvre hinterlassen, das, mit Ausnahme kleiner memoiristischer Texte, ganz vom Vers geprägt ist: „Mit der Prosa will ich keine Allianzen – / Ich hab', so mein ich, ein Anrecht auf den Vers. / Der Reim neigt sich von selbst mir liebend zu, / die Oktave herzt mich, es liebt mich die Sextine."

Mit solch erotischer Metaphorik umschreibt Słowacki sein Verhältnis zur Dichtung im zweiten Gesang des historisch-romantischen Versepos *Beniowski* (1840), das mit Mickiewiczs *Pan Tadeusz* (1834) wetteifern wollte. Im fünften Gesang dieses umfangreichen Werkes finden sich die selbstbewußt-kühnen und berühmten Verse: „Es geht mir darum, daß die geschmeidige Sprache / Alles erzähle, was der Kopf nur erdenkt. / Daß sie bald schnell sei wie der helle Blitz, / Traurig bald wie der Gesang der Steppe, / So weich bald wie die Klage der Nymphe / Und schön bald wie die Sprache der Engel … / Daß sie alles überfliege auf des Geistes Flügel. / Nicht ein Zaum, nein ein Takt muß die Strophe sein.“ Später dann läßt Słowacki das Versepos mit einer Apostrophe seines Rivalen ausklingen: „Leb wohl, Prophet! / Mit dir endet dieses Lied, einstiger Gott. / Ich wusch dir deinen Lorbeer ab im Feuerregen der Worte / Und zeigte, daß auf deiner Rinde / Des Herzens Sprung zu erkennen ist – und im Zittern deiner Blätter / Sichtbar wird, wie dir etwas das morsche Holz der Seele spaltet. / Leb' wohl! – und so verabschieden nicht Feinde sich, / Sondern zwei auf ihren Sonnen einander begegnende – Götter.“

Wo solchem Bewußtsein poetische Sprachkraft entspricht, hat es die Übersetzung nicht leicht. Der Übersetzer Słowackis muß ungewöhnliche Schwierigkeiten überwinden. Und so ist denn auch nicht allein die allzu geringe Beachtung, welche man der polnischen Literatur im deutschen Sprachraum während langer Zeit entgegenbrachte, dafür verantwortlich, wenn Słowacki dem deutschsprachigen Leser auch heute noch kaum bekannt ist. Erst 1959, aus Anlaß von Słowackis 150. Geburtstag, erschien in der damaligen DDR eine Auswahl seiner Gedichte. Die Übersetzungen stammen vornehmlich von Hermann Buddensieg und Martin Remané.[1] Etliche Gedichte wurden dabei in reimlosen Versen wiedergegeben. Reimlos ist dort auch die Teilübersetzung des Poems *In der Schweiz*.

Die Bewahrung des Reims ist nun aber bei einem so klangbewußten Dichter überaus wichtig. Christoph Ferber gelingt es, die vierhundertvierzig Zeilen des Poems in stets weiblichen Reimen wiederzugeben. Auch in den anderen Gedichten bemüht er sich mit Erfolg, Reim und nach Möglichkeit auch Reimschema beizubehalten. Er sucht die erlesene Bildlichkeit möglichst treu zu bewahren und dabei sowohl Prosaismen und banale Füllwörter zu vermeiden wie auch Verletzungen des deutschen syntaktischen Usus. Die Lesbarkeit, auch im mündlichen Vortrag, ist ihm vordringliches Anliegen. Überzeugend wirkt seine Version auch dank der Entscheidung, die syllabischen, meist elf- oder dreizehnsilbigen Verse der polnischen Originale, die im Deutschen wie Knittelverse klingen müßten, in deutschen Jamben oder Trochäen, gelegentlich aber auch daktylisch wiederzugeben. Dies entspricht den Konventionen der europäischen Übersetzungspraxis für die Übertragung aus syllabischen Verssystemen in syllabotonische.[2] In mehreren Gedichten, so bei *Trennung, Verwünschung, Mein Testament* und *Gewissensprüfung*, mußte die Silbenzahl dabei freilich auf elf verkürzt werden – dreizehnsilbige Verse verlangen im Deutschen in aller Regel eine Zäsur; eine solche hätte indes eine Sinnverfälschung bedeutet.
Einige Gedichte, u.a. *Wir waren groß*, *Bist du dereinst* sowie das bekenntnishafte Fragment aus dem Versepos *Beniowski* (1841), wurden erstmals übersetzt. Das Gedicht *Die Gänseblümchen* war 1885 bereits einmal von Albert Weiß unter dem Titel „Tausendschönchen“ übertragen worden; „Gänseblüm-

chen“ paßt besser, denn unter diesem Namen wird die Blume schon seit dem Mittelalter als Liebesorakel befragt. Die kritische Bilanz, die in *Wir waren groß* gezogen wird, korrespondiert mit dem Gedicht *Agamemnons Grab*, das Słowacki seiner fünfaktigen romantischen Tragödie *Lilla Weneda* (1839) als Epilog beigab; damit sollte die politische Deutung des Werks gesichert werden. Auch hier werden polnische Sünden gegeißelt: „Polen! Man sucht dich doch mit Blendwerk zu täuschen! / Der Pfau der Völker und ihr Papagei warst Du, / Und jetzt bist du fremde Magd. / Wiewohl ich weiß, daß diese Worte nicht lange im Herzen bleiben, / Wo der Gedanke nicht einmal eine Stunde währt, / Spreche ich doch, denn ich bin traurig, und selbst voller Schuld.“

In der Schweiz ist bislang dreimal vollständig ins Deutsche übersetzt worden. Die Übertragungen von Louis Kurtzmann (1874), Jonas Borak (1924) und Rudolf Bächtold (1981) sind aber nicht nur schwer zugänglich, sondern auch kaum dazu geeignet, im Leser einen bleibenden Eindruck von der Klangfülle und dem sprachlichen Raffinement des Originals zu hinterlassen. Das in Strophen von jeweils wechselnder Länge aufgeteilte Poem ist der lyrische Bericht über eine tragische und ungewöhnliche Liebe, eingebettet in die Erinnerungen des einsam zurückgebliebenen Liebenden. Die Beschreibungen der wenigen Alltagsereignisse gewinnen den Charakter erlesener Symbole, nicht einer Erzählung darüber, was vorgefallen ist. Die Wechsel in den Stimmungen der Landschaft drücken die Entwicklung der Gefühle aus. Nicht die reale Natur der Alpenregion wird geschildert, nicht

das Typische, das Sicht- und Greifbare, sondern das sich Wandelnde, was sich kaum erhaschen läßt von Auge und Ohr. Der polnische Słowacki-Forscher Julian Krzyżanowski sieht hier dichterische Verfahren der mittelalterlichen Lyrik angewandt, besonders des *Canzoniere* Petrarcas, die Polonistin Alina Kowalczykowa eine Raffaelsche Idealisierung. Die Landschaft ist bewegt, eher zeitlich als räumlich erfaßt, ausschnitthaft, in einer geradezu filmischen Technik, die sich kühner Sprachbildlichkeit bedient und von einem eigentümlich musikalischen Rhythmus getragen wird.
Zygmunt Krasiński, der dritte unter den großen polnischen Romantikern, hat bereits 1840 formuliert: *In der Schweiz* „ist so bezaubernd idyllisch und tragisch zugleich, so entrückt und zugleich wahrhaftig, daß ich nichts ähnliches über eine geträumte Liebe in irgendeiner Sprache kenne. Es gibt da solch klare Durchsichtigkeiten, solche luftigen Räume, solche regenbogenfarbenen Glasgebilde, solche Kränze frischer Weichseln über den Köpfchen schneeweißer Täubchen, solche Liebkosungen der Schweizer Natur, solches Hinneigen von Bergen und Eispilastern zu einem Herzen, welches da liebt und glücklich ist, daß ich beim Lesen hundertmal insgeheim ausrufen mußte: Hol ihn der Teufel! Wer wird nach ihm noch Verse schreiben können!“[3]
Gerade dieses Poem macht verständlich, warum es unter den polnischen Romantikern Słowacki war, der den Dichtern des „Jungen Polen“ am meisten bedeutete. *In der Schweiz* war aber beim polnischen Leser ganz allgemein überaus beliebt; 1900 veranstaltete der *Kurier Warszawski* eine Umfrage bezüglich der her-

vorragendsten Werke der polnischen Literatur im 19. Jahrhundert: das Poem rangierte im Bereich der Poesie auf dem dritten Platz – nach Mickiewiczs *Pan Tadeusz* und dessen Versdrama *Die Totenfeier (Dziady).*

In der Schweiz hat auf das Schaffen von Maria Konopnicka, von Henryk Sienkiewicz und Kazimierz Tetmajer eingewirkt. Wacław Rolicz-Lieder verbindet in seinem Gedicht *Erinnerung an den Genfersee* seine poetische Vision der Schweiz mit dem Namen des großen Romantikers:

> Ich habe ihn im Abendkuß gesehen,
> Die Falten seines Spiegels zugezogen,
> Da spürte ich den Geist Słowackis wehen:
> Er schwebte voller Wehmut auf den Wogen.[4]

Aber auch in neuerer Zeit haben sich die polnischen Dichter der Faszination, die von Słowackis Werk ausgeht, nicht entziehen können. Das gilt für Jan Lechoń, Mieczysław Jastrun und vor allem für Julian Przyboś, der sich in dem Essay *Im Reich der Bläue* (*W błękitu krainie,* 1949)[5] und in den drei Gedichten *Gießbach* (1950), *Słowacki* und *Regenbogen im Gewitter (Tęcza na burzy,* wohl 1948 entstanden) mit Słowacki auseinandergesetzt hat. Das letztere will eine „Entzauberung" sein, setzt Słowackis romantische Sicht mittels korrigierenden Realkommentars in avantgardistische Naturbetrachtung und Sozialkritik um: „Ich versuche den Augenblick jener Poesie zu erhaschen, jenen Raum messe ich / über den Wassern – den blauen? – den grünen der Aare ... [...] Aber in diesem Tal – aus Rosen und Nachtigallen? –

aus Granit / strömt der steile Bach nicht in Regenbogentränen, / in denen damals dieser Bach herniederfloß, / einmal für immer im Einklang mit der Zeit.“

Und dennoch erkennt Przyboś den überragenden Rang des großen Romantikers an:

> Słowacki wartet als Dichter, Vorläufer und Erneuerer noch auf seine Entdeckung. Es gilt, Słowacki als Visionär und Psychologen zu entdekken, als denjenigen, der neue Kompositionsprinzipien in Lyrik und Drama einführte und damit nicht nur Symbolismus und Impressionismus, sondern auch die innovative Poetik unseres Jahrhunderts vorwegnahm. Er – und nicht Mickiewicz – durchbrach das Schema von Erzählung und Beschreibung in der Poesie und schuf auf diese Weise lyrische Meisterwerke, die auf dem kühnen Schwung der reinen Vision und Inspiration beruhen.[6]

Peter Brang

[1] Juliusz Słowacki, *Gedichte*, hrsg. von Wolfgang Grycz. Deutsch von M. Remané, H. Buddensieg und W. Panitz. Berlin 1959, 109 S. – Buddensiegs Übertragungen erschienen (in einer umfassenderen Auswahl) auch in der von ihm in Heidelberg herausgegebenen Zeitschrift *Mickiewicz-Blätter* (Heft 9, 1958, 190, und Heft 10, 1959, 14–38).

[2] Vgl. darüber Jiří Levý, *Die literarische Übersetzung. Theorie einer Kunstgattung*, Frankfurt a.M. 1969, 195f.

[3] Brief Krasińskis an R. Załuski vom 13. Mai 1840. Vgl. *Sądy współczesników o twórczości Słowackiego (1826–1862)*, Wrocław 1963, 108 f.

[4] Wacław Rolicz-Lieder, *Poezye II*, Paryż 1891, 60. Übersetzt von Christoph Ferber.

[5] Julian Przyboś, *Linia i gwar. Szkice*, Kraków 1963, I, 279–295.

[6] Julian Przyboś, „O ‚model' Słowackiego". In: Julian Przyboś, *Sens poetycki*, Kraków 1967, I, 95 f.

Gedichte

W Szwajcarii

I

Otkąd zniknęła jak sen jaki złoty,
Usycham z żalu, omdlewam z tęsknoty.
I nie wiem, czemu ta dusza, z popiołów,
Nie wylatuje za nią do aniołów.
Czemu nie leci za niebieskie szranki,
Do tej zbawionej i do tej kochanki.

II

W szwajcarskich górach jest jedna kaskada,
Gdzie Aar wody błękitnemi spada.
Pozwól tam spójrzeć zawróconej głowie.
Widzisz tę tęczę na burzy w parowie?
Na mgłach srebrzystych cała się rozwiesza,
Nic ją nie zburzy, i nic ją nie zmiesza;
A czasem tylko jakie białe jagnię
Przez tęczę idzie, na skraju doliny
Szczypać kwitnące róże i leszczyny;
Lub jaki gołąb, co wody zapragnie,
Jakby się blaskiem pochwalić umyślnie,
Przez tęczę szybko przeleci i błyśnie.
Tam ją ujrzałem! i wnet rozkochany,
Że z tęczy wyszła i z potoku piany,
Wierzyć zacząłem i wierzę do końca;
Tak jasną była od promieni słońca!
Tak pełna w sobie anielskiego świtu!
Tak rozwidniona zrennicą z błękitu! –

In der Schweiz

I

Seit wie ein goldner Traum sie mir entschwunden,
Vergehn in Leid und Sehnsucht meine Stunden.
Die Seele möchte sich vom Staub erheben,
Ihr nach, hin zu den Engeln aufwärts schweben,
Hinauf bis zu den Himmelsgrenzen fliegen –
Hin zur Erlösten, hin zur Ewig-Lieben.

II

Im Schweizerlande stürzt mit hellen Wogen
Die Aare als ein Wasserfall hernieder.
Lenk hin dein Auge, öffne deine Lider!
Du siehst doch in der Schlucht den Regenbogen?
Er hängt an Nebeln, dunstig-silberhellen;
Nichts kann ihn je verwischen noch entstellen;
Ein weißes Lamm allein durchquert den Bogen,
Um an des Tales Rande mit Behagen
Am Haselbusch, am Rosenstrauch zu nagen;
Und eine Taube, durstig angeflogen,
Als wollte sie mit Silberflor sich kränzen,
Durchfliegt den Bogen und beginnt zu glänzen.
Dort sah ich sie! Und, gleich in Liebesbanden,
Fing ich zu glauben an, sie sei entstanden
Aus der Kaskade Schaum, und glaub's noch immer:
So hell erschien sie in der Sonne Glühen,
Und aus der Bläue, aus des Wildbachs Sprühen
Trat sie hervor in engelgleichem Schimmer. –

Gdy oczy przeszły od stóp do warkoczy,
To zakochały się w niej moje oczy;
A za tym zmysłem, co kochać przymusza,
Poszło i serce, a za sercem dusza.
I tak się zaczął prędko romans klecić,
Że chciałem do niej przez kaskadę lecić;
Bo się lękałem, że jak widmo blade,
Nim dusza ze snu obudzona krzyknie,
Upadnie w przepaść, w tęczę i w kaskadę
I roztopi się, i zgaśnie, i zniknie;
I byłem jak ci, co się we śnie boją,
Bo jużem kochał, bo już była moją.
I tak raz pierwszy spotkałem ją samą
Pod jasną tęczy różnofarbnej bramą;
Powiew miłości owiał mię uroczy.
Stanąłem przed nią i spuściłem oczy.

III

Poszedłem za nią przez góry, doliny,
I szliśmy razem u stóp tej lawiny,
Gdzie śnieg przybiega aż do stóp człowieka
Spłaszczoną płetwą, jak delfin olbrzymi;
Para mu z nozdrza srebrzystego dymi,
A Rodan z paszczy błękitnej ucieka.
Pamiętam chwilę … poranek był skwarny.
Tameśmy szmerem spłoszyli dwie sarny;
Te, jakby szczęścia ludzkiego świadome,
Stanęły blisko złote, nieruchome;
I utopiły oczów błyskawice
W kochanki mojej błękitne zrennice;

Wie ich von Fuß bis Scheitel sie erblickte,
War's Liebe, die mein Auge jäh berückte;
Ich dachte – und mein Denken war gefangen,
Und Herz und Seele glühten vor Verlangen.
So war's, wie die Romanze angefangen;
Durch's Wasser wollt' ich flugs zu ihr gelangen:
Mir graute, daß ein Schrecken sie befalle,
Daß – ein Gespenst – zu schreien sie beginne
Und in den Absturz, in den Sturzbach falle
Und schmelze und erlösche und zerrinne.
Es war, als sähe ich nur Schreckensträume,
Denn, liebend, nannte ich sie schon die meine.
So hab ich sie zum ersten Mal gesehen,
Beim Regenbogentor, in buntem Wehen.
Und es umhauchte mich der Liebe Odem.
Ich stand vor ihr und schaute stumm zu Boden.

III

Ich folgte ihr durch Berge, Täler, Wiesen,
Und sieh: wir stehn vor einem Gletscherriesen;
Als mächtiger Delphin, von Fels umschlossen,
Wälzt Schnee und Eis er nieder mit den Flossen
Und dampft und raucht aus Nüstern eines Drachen,
Und hell entspringt die Rhone seinem Rachen.
Es war an diesem heißen Sommermorgen,
Daß zweier Rehe wir gewahr geworden;
Sie wollten, aufgescheucht, entfliehn – doch blieben
Sie in der Nähe stehn, als ob den Frieden,
Das Glück, das unser war, sie teilen wollten,
Und sahen wie verzückt ins Aug der Holden,

I długo patrząc, nieruchome obie,
Głowy promienne pokładły na sobie.
Rzekłem: „One się zakochały w tobie!“
Rzekłem – i za to z ust zamkniętych skromnie
Najpierwszy uśmiech jej przyleciał do mnie,
Przyleciał szybko i wrócił z podróży
Do swego gniazda, do pereł i róży;
A gdy zobaczył, że oczów nie mrużę,
Całą jej białą twarz zamienił w różę.
A wiecie? ani tak za serce chwyta
Rumieniec kwiatu, co świeżo rozkwita;
Ani tak oko wędrowca zachwyca
Gór nadalpejskich śnieżysta dziewica,
Kiedy od słońca różane ma lica,
Jak ten rumieniec bez wstydu i grzechu,
Co się na twarzy urodził z uśmiechu.

IV

Odtąd szczęśliwi byliśmy i sami,
Płynąc szwajcarskich jezior błękitami,
I nie wiem, czy tam była łódź pod nami;
Bom z duchy prawie zaczynał się bratać,
Chodzić po wodach i po niebie latać;
A ona tak mię prowadziła wszędzie!
Ach! ona była jak białe łabędzie,
Była jeziora błękitnego panią;
Płynęła lecąc – łódź leciała za nią,
Za łodzią jasność szafirowym szlakiem,
Za tą jasnością rybek korowody.
I wyrzucały się aż do niej z wody;
I z takimeśmy płynęli orszakiem

Still, unverrückt – kein Gräslein, das sich regte;
Da war's, daß eins das Haupt aufs andre legte:
„Du bist es, die zur Liebe sie bewegte!" –
So sprach ich. Und aus ihres Mundes Bogen
Ist mir ein erstes Lächeln zugeflogen;
Es flog sogleich, nach allzu kurzem Kosen,
Ins Nest zurück, zu Perlen und zu Rosen.
Ich stand – erhoffte weiteres Gekose,
Sie sah's und wurde rot wie eine Rose.
Der schönsten Blüte mag es angehören –
Kein Rot vermag wie jenes zu betören;
Nein, keine Röte kann das Herz berücken,
Kein Alpenglühn den Wanderer beglücken –
Würd er die Jungfrau selbst darin erblicken –
Wie jene Röte ohne Scham und Sünde,
Die ich bei ihr nur fand – und nie mehr finde.

IV

Wir fuhren seither selig durch die Bläue
Der Schweizer Seen. Doch war es die getreue,
Verschwiegne Barke, die uns stets getragen?
War's nicht ein Boot, von Geistern uns bereitet,
Worin sie mich von See zu See geleitet,
Worinnen sie als weißer Schwan, erhaben,
Als stolze Herrin über See und Wogen
Mit mir hinauf in Himmelshöhn geflogen?
Sie schwamm, sie flog – es folgte ihr das Schifflein;
In seiner hellen Spur erhob ein Fischlein
Das Köpfchen – und es glitzerten Forellen
Und sprangen auf zu ihr aus blauen Wellen.
Dies also war des Traumgefährts Gefolge;

Uśmiechając się w błękitu krainie.
Bo ona była jak wodne boginie:
Miała powozy z delfinów, z gołębi,
I kryształowe pałace na głębi,
I księżycowe korony w noc ciemną …
I mogła była, co chce, zrobić ze mną.

V

Raz – że nie była niebieskim aniołem,
Myślałem całe długie pół godziny;
Wyspowiadałem się potem z tej winy –
Słuchajcie! – Oto przed Tella kościołem
Pierwsza na kamień wyskoczyła płocha
I powiedziała mi w głos, że mnie kocha,
I odesłała mnie znów na jezioro,
Łódkę mą – piersią odtrąciwszy białą …
A ja – ach, nie wiem, co się ze mną stało!
Czy mnie anieli do nieba zabiorą,
Czy grzmiące fale jeziora pochłoną,
Czy uśmiechami rozrywa się łono,
Czy serce jak lód rozegrzany taje,
Czy dusza skrzydeł anielskich dostaje,
Czyli w nią wstąpił cały anioł złoty?
Czyli uśmiechów pełna? czy tęsknoty?
Wszystkie uczucia gwałtownymi loty
Na serce spadły, jak gołębi chmura
Pić łzy i białe w nim obmywać pióra,
Aby się czyste rozlecieć po niebie …
Wtem zawołała łódź ze mną do siebie.
Usłyszała ją łódka i spostrzegła,
I sama do niej z błękitu przybiegła.

In blaue Weiten lächelte die Holde;
War Königin von Tauben und Delphinen,
Die sie umschwärmten; nachts, aus Tiefen, schienen
Kristallpaläste silbern, hell; vom Golde
Der Mondeskronen ließ sie sich umhüllen …
Was sie gebot – ich war ihr stets zu Willen.

V

Daß sie kein Engel sei, die Himmelsreine,
Ich glaubte es einmal ein halbes Stündchen
Und hab gebüßt für dieses kleine Sündchen. –
Hört! Vor der Tellskapelle liegen Steine;
Dorthin sprang aus dem Boot die Nimmermüde
Und sagte mir, daß sie mich innig liebe –
Und stieß das Boot von sich mit weißen Armen,
Daß ich nun einsam auf den Wellen schwebte …
Wie war mir da zumute? Zum Erbarmen!
Weiß Gott, wie ich vor Schmerz und Wonne bebte:
Sah ich mich nicht in Himmelshöhn erhoben?
Versunken nicht im Wirbel finstrer Wogen?
Hab rings ich wildes Lachen nicht vernommen?
Ist nicht das Herz wie warmes Eis zerronnen?
Die Seele mir nicht engelgleich entflogen?
Sah keinen Engel golden ich erscheinen?
Ach, sollte ich da lachen oder weinen?
Gefühle ohne Ende – wer wird's glauben? –
Befielen mich wie Schwärme weißer Tauben:
Sie netzten sich mit Tränen ihre Flügel
Und flogen glitzernd über Berg und Hügel …
Da winkte sie vom Ufer – war es Reue?
Das Boot verstand und flog schon durch die Bläue.

Die Tellskapelle am Vierwaldstättersee

VI

Pod ścianą ze skał i pod wieńcem borów,
Stoi cichości pełna i kolorów
Tella kaplica. Jest próg tam na fali,
Gdzieśmy raz pierwszy przez usta zeznali,
Że się już dawno sercami kochamy;
A pod tym progiem są na wodzie plamy,
Od sosen, co się kołyszą na niebie,
I od skał cienia; gdzie mówiąc do siebie
Wbite do wody trzymaliśmy oczy.
A pod tym progiem, fala tak się toczy,
I tak swawolna, i taka ruchoma,
Że wzięła w siebie dwa nasze obrazy
I przybliżała, łącząc je rękoma,
Chociaż nas tylko łączyły wyrazy.
Ach! fala taka szalona i pusta!
Że połączyła nawet nasze usta,
Choć sercem tylko byliśmy złączeni.
Fala tak pełna ruchu i promieni,
Że jednym światła objąwszy nas kołem,
Zmięszała niby anioła z aniołem.
Gdy myślę – boleść dręczy mię niezmierna.
Falo! niewierna falo! – i tak wierna!

VII

Raz mię ów anioł zaprowadził złoty
Przez jasne łąki do lodowej groty.
Tam ją obielił dzień alabastrowy;
I mróz na czole mej jasnej królowej

VI

Wo Wälder eine Felsenwand umkränzen,
Wo hell der See und bunt die Wellen glänzen,
Steht still das Kirchlein Tells. Dort auf der Schwelle
Geschah's, daß mit den Lippen wir gestanden,
Was wir im Herzen lange schon empfanden;
Dort war's, daß wir – vor Augen See und Welle,
Worin das Spiegelbild der Wälder glänzte
Und bebend eine Felsenwand umkränzte –
Zum ersten Mal uns Liebesworte sagten,
Vor Tannen, die in Himmelshöhen ragten,
Und wo im Wellenspiel zu unsren Füßen
Wir sahen, wie wir sanft zusammenfließen,
Wie unsre Lippen zärtlich sich berühren –
Sag, Welle, wolltest du uns gleich verführen?
Nachdem wir uns erst Worte abgerungen,
Sahn in der Welle wir uns fest umschlungen!
O eitle, lose, launenhafte, helle,
So voll Bewegung und doch gleich zur Stelle,
In einem Lichtkreis wolltest du vereinen
Uns beide, daß ein Engelpaar wir scheinen.
Denk ich daran – mich quälen Schmerz und Reue.
O Welle, treuelos – und doch voll Treue!

VII

Der Tag war blendend, als die Engelsseele
Durch Wiesen mich geführt zur Gletscherhöhle.
Dort glühte hell im Alabasterscheine
Die weiße Stirne – und wie Edelsteine,

Perłami okrył wszystkie polne róże;
I ze sklepienia łzy leciały duże,
A we łzach sylfy z jasnością ogromną
Deszczem spadały na białą i skromną.
Słysząc, że ściany płaczą coraz głośniej,
Cała się szatą okryła zazdrośniej
I wszystko oczom ciekawym ukradła,
I jeszcze ręce skrzyżowane kładła
Na alabastry widne, choć zakryte.
Tak nieruchoma stała – a koło niej
Igrały tęcze w blaski rozmaite.
Ja wtenczas modlić się zacząłem do niej.
Ave Maria!
Jak biała róża, kiedy się rozwija,
Róż pokazuje z piersi odemkniętej,
Taki rumieniec wyszedł z lica świętej.
I zamyślona odwróciła głowę,
Palec na ściany kładąc kryształowe,
Jak ta, co imię ukochane kryśli
Lub o błękitnych jakich myślach – myśli.
Wreszcie się do mnie obróciwszy rzekła:
„Może za miłość ja pójdę do piekła
I gdzieś w piekielne wprowadzona chłody,
Wszczepioną będę w kryształowe lody
Jako ta bańka z powietrza i z tęczy ...“
„Lecz prawda“ – rzekła – „jeżeli się męczy
Ta jasność, słońca stworzona promieniem,
Którą lód w sobie mrozi i zabija,
Można ją z lodu uwolnić westchnieniem ...“
Ave Maria!

Wie Perlen und wie rosa Blüten glänzte
Das Eis, das meine Königin umkränzte,
Und vom Gewölbe fielen lichte Tränen,
Und Sylphen glitzerten in Eisfontänen.
Da hörte sie ein Weinen in den Rillen,
Und eifersüchtig suchte sie zu hüllen,
Vor Neugier zu verbergen ihre Reize;
Die Hände legte sie gleich einem Kreuze
Auf ihre weiße Brust – und es umwoben
Sie Spiel und Lichtglanz zweier Regenbogen.
So stand sie regungslos. Gerührt, betreten,
Begann in Andacht ich zu ihr zu beten:
Ave Maria!
Wie eine weiße Rose, die sich weitet
Und aus dem rosa Innern Duft verbreitet,
Erstrahlte rosaweiß – ein heilig Bildnis – ,
Das Haupt geneigt, sie in der Eiseswildnis.
Es war, als schrieben ihre weißen Hände
Des Liebsten Namen auf kristallne Wände;
In Sinnen stand sie in der Eiskapelle
Und sagte endlich, sinnend, rosafarben:
„Vielleicht stürzt mich mein Lieben in die Hölle;
Dort werde ich in Eiseskälte darben,
Kristallen, eisumhüllt und eisumwoben,
Wie dieser Schaum aus Luft und Regenbogen …
Jedoch“ – so sprach sie weiter – „diese Helle,
Die aus den Sonnenstrahlen einst geboren
Und die im Eis sich quält, bis sie erfroren,
Ein bloßer Hauch befreit sie auf der Stelle …“
Ave Maria!

VIII

Pójdziemy razem na śniegu korony!
Pójdziemy razem nad sosnowe bory,
Pójdziemy razem, gdzie trzód jęczą dzwony!
Gdzie się w tęczowe ubiera kolory
Jungfrau, i słońce złote ma pod sobą;
Gdzie we mgle jeleń przelatuje skory;
Gdzie orły skrzydeł rozwianych żałobą
Rzucają cienie na lecące chmury;
O moja luba! tam pójdziemy z tobą.
A jeśli z takiej nie wrócimy góry,
Ludzie pomyślą, że nas wzięły duchy
I gdzieś w niebieskie uniosły lazury;
Żeśmy się za gwiazd chwycili łańcuchy,
I ulecieli z Pelejad gromadą.
I tylko po nas potok spadnie głuchy,
I błyszczącą się łez rzuci kaskadą.

IX

Ach! najszczęśliwsi na ziemi nie wiedzą,
Gdzie duchy skrzydła na ramionach kładną,
Gdzie jak łabędzie zadumane siedzą?
Ach! najciekawsi na świecie nie zgadną,
W jakim szalecie żyłem z moją miłą;
I wiele nam róż do okien świeciło,
I wiele wiszeń naokoło rosło,
Ile słowików na wiszniach się niosło;
Ile tam w każdą noc miesięczną, bladą,
Kłóteń słowików płaczących z kaskadą;

VIII

O laß hinauf, wo Tannenwälder rauschen,
Uns zweisam ziehn zu schneegekrönten Höhen.
Wo wir dem Klang der Herdenglocken lauschen
Und lichterfüllt die Jungfrau vor uns sehen
Und unter ihr das Sonnengold, das blendet,
Den flinken Hirsch in Wind und Nebelwehen,
Den Adler, der den Wolken Schatten spendet,
Indem er finster seine Schwingen breitet –
Dort, Liebste, ist's, wo unser Streben endet.
Und wenn uns keine Rückkehr mehr bereitet,
So denke man, daß Geister uns gefangen
Und uns hinan ins Himmelsblau geleitet,
Wo wir, verlockt von fernem Sterneprangen,
Entflogen sind bis jenseits der Plejaden.
Und nur der Bergbach wird nun weinen, bangen
Und tränenreich erglitzern in Kaskaden.

IX

Ja selbst der Glücklichste wird's nie ergründen,
Wo Geister ihre Ruhestätte finden,
Wo sie, wie Schwäne träumend, übernachten;
Ach, größte Neugier wird es nie erfahren,
In welchem Bergchalet wir glücklich waren;
Wie viele Rosen uns durchs Fenster lachten,
Wie mancher Kirschbaum seinen Gruß uns schickte,
Wie uns das Nachtigallenlied beglückte;
Wie von der Wiese Herdenglocken klangen,
Wie nachts beim blassen Mondenschein wir meinten,

Ile trzód naszych szło na łąkach dzwonić …
Ach! tego nawet śpiącym nie odsłonić
Ani pokazać, ani zawrzeć w słowie …
Łąka i szalet, i wisznie w parowie,
W takim parowie, że stróż anioł biały
Rozwijał skrzydła od skały do skały
I nakrywał ten cały parów dziki,
Szalet i róże, i nas, i słowiki.

X

Lecz nadto było cyprysowej woni
I nadto barwy, co się w różach płoni;
I chciała nas już miłość ująć zdradą. –
Było to rankiem – pomnę – pod kaskadą –
Byliśmy niczym nie strwożeni – sami –
Czytając książkę pełną łez, ze łzami.
Wtem duch mi jakiś podszepnął do ucha,
Ażebym na nią z książki przeszedł okiem. –
Była jak anioł, co myśli i słucha –
I nagle – takim przejrzystym obłokiem
Rumieniec smutny twarz jej umalował,
Że nie wiem dotąd, jak się wszystko stało,
Alem ją w usta różane całował
I czułem ją tu, na mych rękach, białą,
Sercem bijącą, brylantową w oczach.
Wtem nagle – w jasnej kaskady warkoczach
Coś pomięszało się i coś urzekło;
Wiatr na nas rzucił całe wodne piekło
I z kwiatów spłoszył wilgotnymi mgłami. –
Odtąd jużeśmy nie czytali sami.

Die Nachtigall und die Kaskade weinten ...
Nein! Wie es uns im Bergchalet ergangen –
Kein Sterblicher, der's, träumend selbst, entdeckte:
Ein Engel Gottes war's, der uns versteckte,
Den rauhen Abgrund und die traute Hütte,
Die Wiese und den Kirschbaum in der Mitte;
Sein Flügelpaar lag schützend über allem:
Kaskade, Rosen, uns und Nachtigallen.

X

Doch dufteten zu stark nun die Zypressen,
Die Rosen glühten allzu rot; indessen
Versuchte uns die Liebe zu betören. –
Wir saßen eines Morgens unter Föhren
Beim Wasserfall, allein, in stillem Sehnen,
Und lasen tränenvoll ein Buch voll Tränen.
Da hat ein Geist mir flüsternd angeraten,
In ihren Augen statt im Buch zu lesen:
Sie saß vor mir als engelgleiches Wesen,
Gedankenvoll – doch flog aufs Mal ihr Atem,
Und eine Röte hielt sie jäh umfangen
Und legte traurig sich auf ihre Wangen.
Wie alles nun geschah – oh, wenn ich's wüßte:
Ich nahm sie in die Arme und ich küßte
Den Rosamund der Zitternden. Doch plötzlich
War wie verhext der Wasserfall. Entsetzlich:
Wir waren wie in einer Wasserhölle,
Es netzten Strahlen uns und feuchte Winde;
Da flohen aus den Blumen wir geschwinde –
Und lasen niemals mehr an jener Stelle.

XI

Odtąd w uśmiechach była dla mnie rzadsza,
Smutniejsza, cichsza i bielsza, i bladsza.
W głębszych się coraz zanurzała cieniach
I obrywała róże na strumieniach;
Albo przy kaskad naciągniętej lutni
Stawała słuchać tak jak ludzie smutni,
Z twarzą spuszczoną: lub sama w ustroni
Ręce na białą zakładała szyję
Jak ta, co boi się albo się broni.
Lub jako gołąb, co w strumieniu pije,
Do nieba jasnym wzlatywała okiem.
Już wolnym, sennym błąkała się krokiem
I jaskółeczek utraciła zwinność,
I zadumała ją całą – niewinność.

XII

Widząc ją taką chciałem bronić siebie
I rzekłem: „Luba! jak Bóg jest na niebie,
Z sercaś mi wszystko odpuścić powinna;
Lilija jedna wszystkiemu jest winna.
Otoś ty wczoraj w tym źródle, co bije
Na jasnej łące, myła twarz i szyję;
A tam za tobą prosta, niedaleka,
Jak służebnica, co z rąbkami czeka,
Lilija jedna, cała jasna, w bieli,
Oczekiwała, aż wyjdziesz z kąpieli.
Widząc was obie takie białe, w parze,
Myślałem, że śpiąc o aniołach marzę;
I drżeć zacząłem, i zadrżałem wszystek,

XI

Ihr Lächeln wurde seither immer weicher
Und seltener und trauriger und bleicher.
Sie drang nun immer tiefer vor zu Bächen,
Um im Versteckten Rosen abzubrechen;
Gesenkten Hauptes stand sie nun zuzeiten
Vor der Kaskade angespannten Saiten
Und lauschte traurig ihrem Klang. Bisweilen
Hielt an die weiße Stirne sie die Hände,
Als ob sie Angst und Bangigkeit empfände;
Sie suchte hellen Blickes zu enteilen
Wie eine Taube, die sich sattgetrunken.
Doch müden Schritts und irr und traumversunken
Ging sie dahin – und war doch einst so wendig!
An ihre Unschuld dachte sie beständig …

XII

Da konnte ich nicht anders als mich wehren
Und sprach zu ihr: „Bei Gott, den wir verehren,
Verzeihe du mir alles, Himmelsreine;
Die Lilie, sie trägt die Schuld alleine.
Als gestern in der ersten Tageshelle
Du Hals und Antlitz wuschest an der Quelle,
Stand eine Lilie dort, so schlank, gerade,
Und wartete bei dir, daß aus dem Bade
Du stiegest, um im Nu dich zu bedienen,
Und war so strahlend hell und lichtbeschienen.
Wie ich euch sah so weiß beisammenstehen,
Hab einen Traum von Engeln ich gesehen
Und zitterte vor innerer Bewegung

I jeden tylko poruszyłem listek,
Ten listek inne poruszył listeczki,
I szmer się zrobił – ty wybiegłaś z rzeczki;
I takeś prędko uciekała zlękła,
Żeś łonem kwiatu potrąciła pręty;
I lilijowa wnet łodyga pękła,
I kwiat z niej upadł twoją piersią ścięty;
A jam rozważać zaczął z twarzą bladą,
Jak ten kwiat kruchy, jak ty jesteś zwinna.
I oto dzisiaj rankiem, pod kaskadą –
Nie jam był winien – lecz lilija winna.“

XIII

Płonęła wonna jak kadzidło mirry
I widać było, że nie wiedząc płonie.
Głębszymi oczu stały się szafiry
I prędsza fala białości na łonie,
I dziwnym ogniem rozpalone skronie
Wczesne zwiędnienie dawały bławatkom.
Ona z tych była, co się skarżą matkom,
I skarżyła się gwiazd cichej gromadzie,
Gdy do snu księżyc niepełny się kładzie;
Gdy kwiaty szepcą miłośnie do ucha,
Co zamyślone, własnych myśli słucha.

XIV

Czy ty gdzieś teraz, o miła, z rozpaczą
Aniołom boskim mówisz rozżalona?
Jak ci, co mówią skarżąc się – i płaczą,

Und rührte an ein Blatt in der Erregung;
Das Blatt berührte andre Blätter leise,
Ein Rascheln war zu hören – von der Quelle
Bist du entsetzt geflohn mit Blitzesschnelle
Und stießest mit dem Schoß auf diese Weise
An manche Blume und zerbrachst den Stengel
Der Lilie – er fiel mitsamt der Blüte.
Und ich erwog mit traurigem Gemüte,
Wie schwach die Blume und wie flink du, Engel.
Und sieh, heut früh, beim Wasserfall im Haine …
Nicht ich, die Lilie ist schuld alleine."

XIII

Und es geschah, daß sie wie Myrrhe brannte
Und selber nicht bemerkte, wie sie flammte.
Verblaßt war ihrer Saphiraugen Helle,
Und schneller wogte ihres Busens Welle;
Es loderten die Schläfen und verrieten
Ein allzu frühes Welken ihrer Blüten.
Sie mußte stets an ihre Mutter denken,
Zur Schar der Sterne ihre Klagen lenken,
Dieweil des Halbmonds letzte Strahlen glühten,
Die Blumen flüsterten, das Bächlein rauschte
Und sie in Sinnen innren Stimmen lauschte.

XIV

Ob du wohl irgendwo, verzweifelt, traurig,
Den Engeln Gottes sagst, wie's uns ergangen,
Als ein Gewitter, rot an Blitzen, schaurig,

Że była burza gromami czerwona,
Że była grota posępna i ciemna
I grocie z kaskad kryształu zasłona;
Że była trwoga w ciemności tajemna,
Razem niepamięć jakaś boskiej kary;
I skarga smutna czystych nimf podziemna;
Że nas tam samych dzień odstąpił szary
I zastał z twarzą ognistą przy twarzy,
I ptasząt nas tak obudziły gwary.
Mówisz ty o tym, jak ta, co się skarzy?
O! nie mów ty tak aniołom, niebieska!
Bo każda twoja brylantowa łezka
Jednemu będzie z tych jasnych pożarem.
Bo ja, ach, gdybym był także aniołem,
Z rozpromienionym na błękitach czołem,
I nieskończoność całą miał obszarem,
I mógł zarządzać gwiazdami wszystkiemi:
Nie chciałbym gwiazdy niebieskimi świecić,
Lecz tylko rzucić błękity i lecić,
I taką jak ty mieć moją – na ziemi.

XV

Z groty ta piękna wyjść nie śmiała sama.
Słońca się może bała na lazurze,
Że za promienne będzie i za duże
Albo że będzie jako czarna plama.
Ale na niebie była z tęczy brama,
Na wypłakanej rozwieszona chmurze.
Wyszła. – I naprzód ją zdziwiły róże,
Że takie były jak wczoraj różowe.

Uns überraschte, wie – allein, gefangen –
In einer dunklen Grotte wir gesessen:
O sagst du's voller Weinen, voller Bangen?
Wie wir vor Angst erstarrten, währenddessen
Zu uns der Nymphen Klagelieder drangen –
Und wie der Strafe Gottes wir vergessen;
Wie regennaß der Tag von uns gegangen
Und, neu erstanden, küssend uns gefunden
Und Vöglein hell zu zwitschern angefangen:
Du sprichst doch weinend nicht von jenen Stunden
Zur Schar der Engel? Niemals! Himmelsreine!
Denn jede deiner perlengleichen Tränen
Wär wie ein Brand in himmlischen Domänen.
Wär ich ein Engel, leuchtete im Scheine
Der Himmelsbläue meine Stirn erhaben,
Führ endlos ich im goldnen Himmelswagen,
Würd ich gar Herrscher über Sterne werden
Und heller als das Heer der Sterne glühen,
Ich würd der Himmelsbläue gleich entfliehen
Zu einer, die dir gleichen würd – auf Erden.

XV

Sie blieb noch lange in der Grotte stehen,
Denn Angst, die Sonne flammend-heiß zu sehen
Oder als schwarzen Fleck am Himmelsbogen,
Hielt sie zurück. Da hat ein Regenbogen
Vor rosa Wolken seinen Kreis gezogen.
Nun wagte sie's, der Grotte zu entfliehen,
Und sah die Rosen rot wie immer glühen;
Da brach sie eine ab und hat verwundert

Zerwała jedną i podniosła głowę,
I zadziwiła ją ta tęcza ranna,
Niebios błękitnych przezroczystość szklanna,
Krążek księżyca tonący w błękicie.
Zda się, że nowe ją zdziwiło życie,
Tak w ciszy czegoś słuchała, tak biegła;
Aż gdzieś w krysztale jeziora spostrzegła
Na licu swoim przezroczystszą białość,
Żywszy ust koral i większą omdlałość,
I uśmiech pełny tęsknoty, i żałość.
Więc osłoniła się cała w warkoczu
I więcej na mnie nie podniosła oczu.

XVI

Jest chwila, gdy się ma księżyc pokazać,
Kiedy się wszystkie słowiki uciszą
I wszystkie liście bez szelestu wiszą,
I ciszej źródła po murawach dyszą;
Jakby ta gwiazda miała coś nakazać
I o czym cichym pomówić ze światem,
Z każdym słowikiem, z listeczkiem i z kwiatem.
Jest chwila, kiedy ze srebrzystą tęczą
Wychodzi blady pierścionek Dyjanny:
Wszystkie się wtenczas słowiki rozjęczą
I wszystkie liście na drzewach zabrzęczą,
I wszystkie źródła jęk wydają szklanny;
O takiej chwili, ach, dwa serca płaczą,
Jeśli coś mają przebaczyć – przebaczą,
Jeżeli o czym zapomnieć – zapomną.
O takiej chwili z moją panią skromną

Den frühen Regenbogenstrahl bewundert,
Den blauen Himmel, der noch gläsern rauchte,
Den Sichelmond, der in die Bläue tauchte;
Von Morgenfrische war sie rings umgeben,
Doch fremd erschien ihr dieses neue Leben.
Sie lief und lauschte, lauschte und blieb stehen,
Bis sie ihr Spiegelbild im See gesehen:
Die Augen glänzten gläsern, voller Bangen,
Ermüdet, matt erschienen Mund und Wangen,
Das Lächeln leidend und doch voll Verlangen.
Da ließ von ihrem Haar sie sich umwehen –
Ihr Auge hab ich nimmermehr gesehen.

XVI

Ein Weilchen gibt's – der junge Mond erschimmert – ,
In dem der Ruf der Nachtigallen schwindet,
Der Baum mit seinen Blättern Ruhe findet,
Das Bächlein leiser sich durch Fluren windet:
Da ist's, als würde leis und leicht bekümmert
Der Mond Geheimes mit der Welt besprechen,
Mit Nachtigallen, Blüten und mit Bächen.
Ein Weilchen gibt's, da glänzt – von Dunst umzogen –
Dianas bleicher Ring als Silberbogen:
Schon heben Nachtigallen an zu schlagen,
Die Blätter an den Bäumen säuseln, klagen,
Die Bächlein in den Fluren plätschern, jagen.
Ein solches Weilchen war's, als sich zwei Seelen,
Was immer zu vergeben war, vergaben,
Begruben, was auch immer zu begraben;

Jużeśmy siedli w naszych progach sielskich,
Już rozmawiali o rzeczach anielskich.

XVII

Jak śpiewający na niebie skowronek,
Z gór słychać było pustelnika dzwonek.
Rzekła raz: „Chodźmy do staruszka celi,
Może rozgrzeszy, może rozweseli,
Dłonie nam zwiąże i kochać ośmieli.“
Tak mówiąc wbiegła do sosnowej chaty,
Szybko zamknęła wszystkie okienice,
Ażeby na nią nie patrzały kwiaty;
I ustroiwszy się jak gór dziewice,
Wybiegła do mnie – myślałem, że padnę! ...
Ani jej oczy kiedy takie ładne,
Ani jej usta takie były świeże ...
Motyla miała czarnego na głowie,
Ten alabastrów od smagłości strzeże;
I przeświecony od słońca w półowie
Na czoło rzuca skrzydła cieniu duże;
A pod motylem pochowane róże
Spod czarnej gazy patrzały ciekawe,
Na pół zamknięte, świeże, jeszcze łzawe;
Wiedząc, że zawsze strzegę serca strony,
Złośliwy motyl usiadł przechylony.
Myślałem, że mu to skrzydło połamię ...
Siadł i na lewe przechylił się ramię.
I któż by wierzył w przeczucia, co straszą,
Gdy wyobraźnia cała szczęściem dumna!

Ein solches Weilchen war's – soll ich's erzählen? – ,
Als, Herrin, wir an unsrer Hütte lehnten
Und uns schon in der Engel Mitte wähnten.

XVII

Als wären es der Lerche Lockgesänge,
Ertönten von der Klause Glockenklänge.
Da sprach sie: „Laß zur Zelle uns begeben,
Vielleicht kann uns der Alte dort vergeben
Und unsre Hände gleich zusammenlegen.“
Dabei war in die Hütte sie geflogen,
Hat hurtig die Gardinen zugezogen,
Daß keine von den Blumen sie erspähe,
Und – wie ein Alpenmädchen angezogen –
Kam sie zu mir. Gott, wenn ich's nochmals sähe!
Nein, leuchtender war nie der Augen Schimmer,
Nein, rosiger sah ihren Mund ich nimmer!
Daß ihre Haut stets weiß und rosig bliebe,
Trug einen Falter auf dem Haupt die Liebe;
Die Flügel, dunkel, weitgespannt, bedeckten
Die Alabasterstirne und verdeckten
All ihre Rosen. Doch des Blickes Feuer
Drang tränenfrisch und flammend durch den Schleier.
Auf ihres Herzens Seite sah ich ständig,
Allein der Schmetterling war bös und wendig:
Er neigte sich, um mir die Sicht zu rauben –
Da wollte ich die Flügel dieses Frechen,
Die über ihre Schulter hingen, brechen …
Wer würde je der dunklen Ahnung glauben,
Wenn voller Glück das Herz, der Sinn, die Augen?

Gdym z góry spójrzał na dolinę naszą,
Szalet się oku wydawał jak trumna,
Maleńki, cichy; kiedym spojrzał z góry,
Nasz ogród z wiszeń jak cmentarz ponury;
I niespokojne o nas gołębice,
I zadumane o nas w łąkach trzody;
Ziemia smutniejsza, błękitniejsze wody,
Zabite śmierci ćwiekiem okienice;
Wszystko zaczęło mię straszyć i smucić,
Jakbyśmy nigdy nie mieli powrócić.
Szedłem posępny i drżący na góry …
Jeziora czarne, głazy, śniegi, chmury;
Girlandy z orłów na błękitnym lodzie,
Słońce czerwone jak krew o zachodzie,
Dom pustelnika śniegiem przysypany
I dwa ogromne na straży brytany,
Krzyżyk na celi, gdzie siadały gile,
Cela, pustelnik stary, księgi w pyle –
Wszystko to dzisiaj już podobne snowi …
Pamiętam tylko, że promień zachodu
Cały się na twarz rzucał Chrystusowi,
Kiedy na palec jej zimny jak z lodu
Kładłem pierścionek …

XVIII

Gaje! doliny! łąki i strumienie!
O nie pytajcie wy mię, smutne, o nią.
Są łzy, co mówić na zawsze zabronią.
A kiedy mówię, wpadam w zamyślenie;
I widzę jasne, błekitne spojrzenie,

Wie von der Höhe ich ins Tal nun blickte,
Schien mir das Bergchalet, das uns beglückte,
Ein Grab zu sein, ein Friedhof rings die Gärten;
Um uns zu trauern schienen nun die Herden,
Und ungemütlich, düster ward's auf Erden:
Der Kirschbaum und die Wasser standen finster,
Die Tauben flogen angstvoll, wie Gespenster,
Und Todesschatten hüllten Tür und Fenster.
Ja, alles stürzte mich in Angst und Bangen,
Als würden wir dies alles nie mehr sehen,
Und zitternd bin zur Höhe ich gegangen.
Der Schnee, der Fels, der schwarze See, das Wehen
Der Adlerflügel über blauem Eise,
Die Sonne, rot, am Ende ihrer Reise,
Das schneebedeckte Haus des Eremiten,
Zwei Riesenhunde, die das Haus behüten,
Und auf dem Dach das Kreuz, darauf zwei Gimpel,
Der Alte selbst, und Bücher, Staub, Gerümpel –
Ist mir dies alles nur im Traum erschienen?
Ich weiß allein noch, wie der Sonne Schimmer
Das Antlitz Christi blutig-rot beschienen,
Als ich an ihren eisig-kalten Finger
Das Ringlein steckte …

XVIII

O Täler, Wiesen, Bäche, Felder, Haine!
O fragt mich nicht nach ihr, da ich nur weine:
Was könnte unter Tränen ich euch sagen?
Und spräche ich – ich würde weinen, klagen.
Ich sehe, wie ihr blaues Auge leuchtet,

Co się zaczyna nade mną litować,
I widzę usta, co mię chcą całować,
I drżę – i znów mię ogarną płomienie.
I nie wiem, gdzie iść? i gdzie oczy schować?
I gdzie łzy ukryć? i gdzie być samotnym?
I staję blady, i kreślę jej rysy
Lub imię piszę na piasku wilgotnym;
Lub błądzę między róże i cyprysy
Jak człowiek, który skarb drogi postrada,
Zmysły utracił i płacząc usiada
Tam, kędy urny na grobowcach siedzą;
Myśląc, że groby o niej co powiedzą.

XIX

Jest pod moimi oknami fontanna,
Co wiecznie jęczy zapłakanym szumem;
Jest jedne drzewo, gdzie harfowym tłumem
Żyją słowiki; jedna szyba szklanna
Gdzie co noc blada zaziera Dyjanna
I czoło moje smutnym blaskiem mami.
I tak mię budzą zalanego łzami,
Te drzewo, księżyc ten i ta fontanna.
I wstaję blady, przez okno wyzieram
Słuchając różnych płaczów na dolinie.
Słowiki jęczą i fontanna płynie,
Mówią mi o niej – ja serce otwieram
I o śmierć prędką modlę się z rozpaczą,
I schnę, i więdnę – i ach, nie umieram ...
I co dnia budząc mnie fontanny płaczą.

Wie Mitleid, wie Erbarmen es befeuchtet;
Mir ist, als ob sie mich beim Namen nenne,
Mich küsse – und ich zittere und brenne.
Wo ist's, wohin ich mich nun weinend wende?
Wo ist es, wo ich einsam mich betrübe?
Ich zeichne ihre Züge ohne Ende
Und schreib in Sand den Namen, den ich liebe;
Ich irr', als ob nichts anderes mir bliebe,
Als armer Tor durch Rosen und Zypressen,
Als läge dort ein Schatz, den ich besessen,
Und steig zu Urnen tief in Grabeshöhlen
Und denk, sie würden mir von ihr erzählen.

XIX

Seit jeher fließt aus steinerner Fontäne
Vor meinem Fenster Träne über Träne;
Es leben Nachtigallen in der Nähe,
Die wehe Harfenklänge zu mir schicken,
Und nächtlich durch die Fensterscheibe sehe
In blassem Schimmer ich Diana blicken.
So wecken mich, der ich zu Tod mich gräme,
Der Mond, die Nachtigallen, die Fontäne.
Erbleichend steh ich auf und lausch und höre
Im Tal ein Stöhnen, und es klagen Chöre
Von Nachtigallen, Harfen und Fontänen –
Und trauern über sie, so daß die Seele
Nur eines kann: das Ende sich ersehnen.
Doch sterb ich nicht, so sehr ich mich auch quäle:
Ich wache auf beim Weinen der Fontänen.

XX

Kiedy się myślą w przeszłości zagłębię,
Nie wiem, jak sobie jej postać malować:
Czy kiedy przyszła spiącego całować
Jak z rozwartymi skrzydłami gołębie?
Czy wtenczas, kiedy uciekała trwożna?
Czy gdy na jedną ze mną księgi kartę
Wbijała oczy błękitne, otwarte,
Na każde moje spójrzenie ostrożna?
Czy kiedy wiejskim otoczona dworem
Chodziła gdyby zaklęta królowa?
Czy kiedy cicho uśnie pod jaworem?
Czy kiedy goni? czy kiedy się chowa
W księżyca blasku biała – lub wieczorem
Od Alp na śniegu różowych – różowa? …

XXI

Skąd pierwsze gwiazdy na niebie zaświecą,
Tam pójdę, aż za ciemnych skał krawędzie.
Spójrzę w lecące po niebie łabędzie,
I tam polecę, gdzie one polecą.
Bo i tu – i tam – za morzem – i wszędzie,
Gdzie tylko poszlę przed sobą myśl biedną.
Zawsze mi smutno i wszędzie mi jedno;
I wszędzie mi źle – i wiem, że źle będzie.
Więc już nie myślę teraz tylko o tem,
Gdzie wybrać miejsce na smutek łaskawe,
Miejsce, gdzie żaden duch nie trąci lotem

XX

Will meinen Sinn ich in Erinnrung wiegen,
So weiß ich nicht, wie ich sie malen müßte:
Wie sie den Schlafenden umschlang und küßte,
Um gleich als Taube flatternd zu entfliegen?
Wie damals sie, im selben Buche lesend,
Den Blick wie ich auf eben dieser Zeile,
Mit ihren Himmelsaugen eine Weile
Zu mir geschaut, ein Herzensrätsel lösend?
Wie als verwunschne Königin inmitten
Gebirgsgehöften sie einhergeschritten?
Wie sie entschlief beim Ahornbaum im Grünen?
Wie beim Versteckenspiel sie Funken sprühte?
Wie sie beim Mondenscheine weiß geschienen?
Wie sie beim Alpenglühen rosa glühte?

XXI

O laß im matten Schein der ersten Sterne
Zu dunklen Felsen ins Gebirg mich fliehen,
Wo Schwäne durch den Abendhimmel ziehen,
Mit ihnen flieg ich auf in lichte Ferne.
Denn hier – und dort – an Land – auf Meeresweiten,
Wohin ich meinen armen Sinn auch wende,
Ich sehe Weh und Trauer ohne Ende;
Und leide nur – und weiß, ich werde leiden.
An eines denk ich nur: den Ort zu finden,
Wo ungestört ich meinem Leid mich gebe,
Auf den kein böser Geist herniederschwebe,

O moje serce rozdarte i krwawe;
Miejsce, gdzie księżyc przyjdzie aż pod ławę
Idąc po fali ... zaszeleści złotem,
I załoskocze tak duszę tajemnie,
Że stęskni – ocknie się i wyjdzie ze mnie.

Mein Herz, das blutende, erneut zu schinden;
Den Ort, auf den der Mond mit goldnen Funken
Herniederglüht, daß meine Seele, trunken,
Geheimnisvoll berührt von diesem Glühen,
Erwacht – um, mich verlassend, zu entfliehen.

Maria Wodzińska,
die Begleiterin auf der
Schweizer Reise

Ludwika Śniadecka,
die Jugendgeliebte

Rozłączenie

Rozłączeni – lecz jedno o drugim pamięta;
Pomiędzy nami lata biały gołąb smutku
I nosi ciągłe wieści. Wiem, kiedy w ogródku,
Wiem, kiedy płaczesz w cichej komnacie zamknięta;

Wiem, o jakiej godzinie wraca bolu fala,
Wiem, jaka ci rozmowa ludzi łzę wyciska.
Tyś mi widna jak gwiazda, co się tam zapala
I łzę różową leje, i skrą siną błyska.

A choć mi teraz ciebie oczyma nie dostać,
Znając twój dom – i drzewa ogrodu, i kwiaty,
Wiem, gdzie malować myślą twe oczy i postać,
Między jakimi drzewy szukać białej szaty.

Ale ty próżno będziesz krajobrazy tworzyć,
Osrebrzać je księżycem i promienić świtem:
Nie wiesz, że trzeba niebo zwalić i położyć
Pod oknami, i nazwać jeziora błękitem.

Potem jezioro z niebem dzielić na połowę,
W dzień zasłoną gór jasnych, w nocy skał szafirem;
Nie wiesz, jak włosem deszczu skałom wieńczyć głowę,
Jak je widzieć w księżycu odkreślone kirem.

Nie wiesz, nad jaką górą wschodzi ta perełka,
Którąm wybrał dla ciebie za gwiazdeczkę-stróża;
Nie wiesz, że gdzieś daleko, aż u gór podnóża,
Za jeziorem – dojrzałem dwa z okien światełka.

Trennung

Wir sind getrennt – und denken aneinander;
Der Trauer weiße Taube bringt uns Kunde.
So weiß ich, wo du weilst, zu welcher Stunde
Du klagst und weinst im Garten, in der Kammer;

Ich weiß, wie du dich grämst, in Leid versunken,
Ich weiß, wie alle Worte dich bekümmern.
Ich sehe dich – wie jenen Stern dort – schimmern
Und rosa Tränen sprühn und blaue Funken.

Ich kann dich mit den Augen nicht erreichen,
Doch weiß ich, wo ich Haus und Blumengarten,
Wo ich dein Antlitz find, den Blick, den zarten,
Und unter welchem Baum dein weißes Kleidchen.

Du aber kannst die Landschaft nicht beschreiben,
Mit Mond- und Sternengold nicht übermalen;
Den Himmel reiß herunter! Mög er strahlen
Als blauer See vor deinen Fensterscheiben!

Dann teile See und Himmel! Laß erglänzen
Die Berge tags in Gold und nachts in Saphir!
Schau, wie in Trauerflor sie stehen! Sag mir,
Wie ist's, wenn Regentränen sie umkränzen?

Du weißt nicht, wo die Himmelsperle funkelt,
Die ich erwählt, daß sie dir nahestehe,
Noch, daß am andern Ufer, wenn es dunkelt,
In fernen Fenstern ich zwei Lichter sehe.

Przywykłem do nich, kocham te gwiazdy jeziora,
Ciemne mgłą oddalenia, od gwiazd nieba krwawsze,
Dziś je widzę, widziałem zapalone wczora,
Zawsze mi świecą – smutno i blado – lecz zawsze…

A ty – wiecznie zagasłaś nad biednym tułaczem;
Lecz choć się nigdy, nigdzie połączyć nie mamy,
Zamilkniemy na chwilę i znów się wołamy
Jak dwa smutne słowiki, co się wabią płaczem.

Nad jeziorem Leman, d. 20 lipca 1835 r.

Sie sind mir lieb, blaß, blutrot ist ihr Schimmer,
Vertraut mir wie der Glanz der Himmelssterne;
Ich sah sie gestern, heute – in der Ferne,
Sie leuchten mir zwar traurig – aber immer.

Du bist erloschen – einsam muß ich wandern;
Und sollten wir uns nirgends, nie vereinen:
Wir schweigen kurz – und locken uns und weinen;
So ruft die Nachtigall nach einer andern.

Am Genfersee, 20. Juli 1835

Stokrótki

Miło po listku rwać niepełną stokroć
I rozkochanych słów różaniec cedzić,
Miło przy ludziach było raz powiedzieć,
Że się kochamy, i mówić po stokroć.

Miło zabłądzić pod lipowe cienie
Z kwiatkami w ręku – i patrząc ukradkiem,
Wzajemnie mówić obrywanym kwiatkiem:
Kochasz! … i pani kochasz mnie szalenie …

Gdy nas różowa poróżniała sprzeczka,
A zgody ciągłe zabraniały świadki,
Pamiętasz, luba, jak te białe kwiatki,
Jeden mówił: nie – a drugi: troszeczka.

Dzisiaj samotny, dzisiaj bez nadziei
Błądząc po skałach, wszystkie moje smutki
Zbiegły się razem do białej stokrótki,
Co była siostrą stokrótek w alei.

Rwałem ją … listy leciały w błękicie
Aż na jezioro, ze skały, gdziem siedział;
I wiesz, co listek ostatni powiedział? –
Luba, że jeszcze kochasz mnie nad życie.

Veytoux, d. 21 lipca 1835 r. rano

Die Gänseblümchen

Schön ist's, die Blätter, doch nur eins aufs Mal,
Von einem Gänseblümchen abzureißen
Und sich mit Liebesworten zu beweisen:
Ich liebe, liebe ... Und dies hundertmal.

Schön ist's, mit Gänseblümchen in der Hand
Und scheuen Blicks zum Lindenhain zu gehen
Und sich mit Blütenblättern zu gestehen:
Du liebst ... Und dich hat Liebesglut entbrannt.

Als damals wir, in rosarotem Streit,
Du weißt es noch, die weißen Blümchen fragten,
Ob wir uns wieder einigten, da sagten
Sie einmal: nein – ein andermal: vielleicht.

Ich irrte heute, trauernd immerfort,
Über die Felsen hin, bis ich's gesehen:
Vor einem weißen Blümchen blieb ich stehen,
Der Schwester jener Gänseblümchen dort.

Ich riß es ab ... Die Blättchen flogen hin
Zum blauen See, vom Fels, wo ich gesessen.
Du weißt, was es gesagt, das letzte Blättchen? –
Daß ich dir lieber als das Leben bin.

Veytoux, 21. Juli 1835, in der Frühe

Przeklęstwo
Do ***

Przeklęta! Ty wydarłaś ostatnie godziny
Szczęścia mego na ziemi, ty żądłem gadziny
Wygnałaś na samotność! Bądź wiecznie przeklęta! –
Każdy mój jęk – zna ciebie, każda łza – pamięta!

Bo kiedy nieszczęśliwy zaklinałem ciebie,
Abyś mi dała nieco przyjaźni i ciszy,
Toś ty mi łzy w powszednim podawała chlebie,
I jęcząc – z jękiem w sercu mówiłaś: Niech słyszy!

Cierpiałem i uległem ... Dziś samotny jestem,
Lecz wiedz, iż samotności okryty żałobą,
Oczy moje obracam za każdym szelestem,
Czekam – ale nie ciebie ... Tęsknię – nie za tobą.

Tej czekam omamiony, tej samotny płaczę,
Która mi była siostrą na wygnania ziemi,
Myśląc, że kiedyś duszy oczyma zobaczę
Tę, co w duszę oczyma patrzy anielskiemi.

A nigdy serca mego nie umiała krwawić;
A tak się ze mną duszą i myślami dzieli,
Że już dziś sami boscy nie wiedzą anieli,
Czy ją dla mnie potępić, czy mnie dla niej zbawić.

A ty! a ty! co lałaś żółciowe gorycze,
Skoro się otwierała serca mego rana,
O! gorzej niż przeklęta – widmo tajemnicze
Złej przeszłości – przeklęta bądź i zapomniana!

Verwünschung
An ***

Verfluchte! Meines Glückes letzte Stunden
Hast du mit Schlangenzähnen mir entwunden.
Nur Tränen, Einsamkeit – nicht, was ich suchte – ,
Nur Schmerz fand ich bei dir, ewig Verfluchte!

Als ich im Unglück dich beschwor, mein Leben
Mit Freundschaft und mit Stille zu beglücken,
Gefiel's dir, Brot mit Tränen mir zu geben
Und seufzend mich mit Seufzern zu ersticken.

Und ich erlag, nachdem ich lang gelitten ...
Nun währen Einsamkeit und Trauer ewig;
Doch, auf der Lauer nach geheimen Schritten,
Wart ich – auf dich nicht ... Und nicht dich ersehn ich.

Betört such ich die Schwester, die Vertraute,
Die sich um den Verbannten einst gekümmert,
Mein Herzensaug hofft die zu sehn noch immer,
Die mir ins Herz mit Engelsaugen schaute.

Sie war für mich nicht *eines* Schmerzes Quelle,
Wir waren eines Sinns und Herzens immer.
Verdient sie meinetwegen nun die Hölle?
Verdien ich ihretwegen nun den Himmel?

Doch du! Doch du! Garstiges Geisterwesen,
Hast meines Herzens Wunde aufgerissen ...
Mehr als verflucht sei! ... Schreckbild einer bösen
Vergangenheit – verflucht sei und vergessen!

Sumnienie

Przekląłem – i na wieki rzuciłem ją samą,
I wzburzony, nim księżyc zabłysnął wieczorem,
Jużem się od niej długim rozdzielił jeziorem.
A gdy się toń jeziora księżycową plamą
Osrebrzała, gdy wichry zawiewały chłodniej,
Jam jeszcze leciał – jeszcze uciekałem od niej.

I może bym zapomniał – bo koń leciał skoro,
Bo mi targały myśli tętniące kopyta.
Gdzie ona? – oszukana – przeklęta – zabita …
Patrzę na niebo, księżyc, na gwiazdy, jezioro …
Wszak jęk tu nie doleci, wszak łez nie zobaczę.
To jezioro – to fala – to nie ona płacze.

I może bym zapomniał … lecz gdy to spostrzegła
Blada światłość księżyca, krok w krok za mną biegła.
Próżno się zatokami wężowymi kręcę,
Wszędy mnie księżycowa kolumna dopadła,
Jakby się ta kobieta do stóp moich kładła,
I niema płaczem, za mną wyciągała ręce.

Rzym, d. 1 maja 1836 r.

Gewissensprüfung

Sie sei verflucht! Verschmäht sei sie für immer!
Ich bin empört. Noch eh der Mond erstanden,
Liegt zwischen uns der See, mit ihm sein Branden.
Wie seine Tiefen dann des Mondlichts Schimmer
Versilbert, wie die Wellen Gischt versprühen,
Muß weiter – weiter ich vor ihr entfliehen.

Vielleicht vergeß ich. Stampfend rast der Schimmel.
Es dröhnt der Kopf, von Kälte, Wind gerötet.
Wo ist sie nur? – Betört – verflucht – getötet ...
Ich schau zum See, zum Mond, zum Sternenhimmel ...
Doch klagt sie? Sind es Tränen, die ich schaue?
Der See, die Woge weint – nur nicht ihr Auge.

Vergeß ich? – Nein! Des Mondes blasser Schimmer
Sieht alles, folgt mir Schritt für Schritt – auf immer.
Umsonst such ich die Bucht, die mich versteckte:
Des Mondes Säule findet meine Wege,
Als ob dies Weib vor meinen Füssen läge
Und ihre Hände stumm zu mir hin streckte.

Rom, 1. Mai 1836

Rzym

Nagle mię trącił płacz na pustym błoniu:
„Rzymie! nie jesteś ty już dawnym Rzymem."
Tak śpiewał pasterz trzód siedząc na koniu.

Przede mną mroczne błękitnawym dymem
Sznury pałaców pod Apeninami,
Nad nimi kościół ten, co jest olbrzymem.

Za mną był morski brzeg i nad falami
Okrętów tłum jako łabędzie stado,
Które ogarnął sen pod ruinami.

I zdjął mię wielki płacz, gdy tą gromadą
Poranny zachwiał wiatr i pędził dalej
Jakby girlandę dusz w błękitność bladą.

I zdiął mię wielki strach, gdy poznikali
Ci aniołowie fal – a ja zostałem
W pustyni sam – z Rzymem, co już się wali.

I nigdy w życiu takich łez nie lałem,
Jak wtenczas – gdy mię spytało w pustyni
Słońce, szydzący bóg – czy Rzym widziałem? …

Rom

Weinen mußte ich auf öder Erde:
„Rom! Wo ist das alte Rom geblieben?“
Sang ein Hirt. Er saß auf seinem Pferde.

Vor dem Apennin sah ich im trüben
Dunste Schnüre von Palästen dunkeln,
Überragt von jenem … Kirchenriesen.

Hinter mir das Ufer: Schiffe, trunken
Auf dem Meer, wie Schwäne, die sich scharen,
Vor Ruinen, still und traumversunken.

Große Trauer ist in mich gefahren,
Als der Morgenwind die Schar bewegte,
Denn im Blau schien's, daß es Seelen waren.

Große Furcht war's, die mich da erregte,
Denn die Engel dieser Wellen schwanden;
Rom zerfiel – ich war allein und bebte.

So hab ich noch niemals dagestanden,
Tränenvoll – Gott Sonne fragte zynisch:
„Hast du Rom gesehn?“ Dort ging's zuschanden.

Hymn

Smutno mi, Boże! – Dla mnie na zachodzie
Rozlałeś tęczę blasków promienistą;
Przede mną gasisz w lazurowej wodzie
    Gwiazdę ognistą …
Choć mi tak niebo Ty złocisz i morze,
    Smutno mi, Boże!

Jak puste kłosy, z podniesioną głową
Stoję rozkoszy próżen i dosytu …
Dla obcych ludzi mam twarz jednakową,
    Ciszę błekitu.
Ale przed Tobą głąb serca otworzę,
    Smutno mi, Boże!

Jako na matki odejście się żali
Mała dziecina, tak ja płaczu bliski,
Patrząc na słońce, co mi rzuca z fali
    Ostatnie błyski …
Choć wiem, że jutro błyśnie nowe zorze,
    Smutno mi, Boże!

Dzisiaj, na wielkim morzu obłąkany,
Sto mil od brzegu i sto mil przed brzegiem,
Widziałem lotne w powietrzu bociany
    Długim szeregiem.
Żem je znał kiedyś na polskim ugorze,
    Smutno mi, Boże!

Hymne

Gott, mir ist schwer! – Im Westen ersteht
Unter Schimmern und Strahlen der farbige Bogen;
Hell leuchtet das Feuergestirn und zergeht
In der Bläue der Wogen.
Wie sehr auch vergoldet der Himmel, das Meer –
Gott, mir ist schwer!

Leer wie die Ähre steh ich, erhoben das Haupt,
Und kenne kein Glück, keine Freude …
Für den Fremden bin – wie der Himmel, der blaut –
Ich immer der gleiche.
Doch ist meine Seele – nur Dir sag ich's – düster
und leer;
Gott, mir ist schwer!

Ich bin wie das kleine Kind, das erschrickt,
Wenn es plötzlich allein ist – und ich möchte nur
weinen;
Ich schau auf die Sonne, in den Wellen erblick
Ich ihr letztes Scheinen …
Und weiß ich auch, morgen wird's Tag überm Meer –
Gott, mir ist schwer!

Ich irrt' auf dem großen Meere dahin
Und sah, über hundert Meilen entfernt von der Küste,
Eine endlose Reihe von Störchen ziehn;
Und es war mir, ich wüßte:
Von polnischen Feldern kommen sie her …
Gott, mir ist schwer!

Żem często dumał nad mogiłą ludzi,
Żem prawie nie znał rodzinnego domu,
Żem był jak pielgrzym, co się w drodze trudzi
    Przy blaskach gromu,
Że nie wiem, gdzie się w mogiłę położę,
    Smutno mi, Boże!

Ty będziesz widział moje białe kości
W straż nie oddane kolumnowym czołom;
Alem jest jako człowiek, co zazdrości
    Mogił popiołom ...
Więc że mieć będę niespokojne łoże,
    Smutno mi, Boże!

Kazano w kraju niewinnej dziecinie
Modlić się za mnie co dzień ... a ja przecie
Wiem, że mój okręt nie do kraju płynie,
    Płynąc po świecie ...
Więc, że modlitwa dziecka nic nie może,
    Smutno mi, Boże!

Na tęczę blasków, którą tak ogromnie
Anieli Twoi w niebie rozpostarli,
Nowi gdzieś ludzie w sto lat będą po mnie
    Patrzący – marli.
Nim się przed moją nicością ukorzę,
    Smutno mi, Boże!

Pisałem o zachodzie słońca na morzu przed Aleksandrią.
19 października 1836 r.

Gedankenvoll stand ich schon oft über Gräbern,
Ein Vaterhaus kannte ich kaum – kaum Besitz,
Ich müht' mich als Pilger auf steinigen Wegen
Bei Donner und Blitz.
Wo wird nur mein Grab sein? – Wer sagt es mir, wer?
Gott, mir ist schwer!

Du siehst meine weißen Knochen da liegen
Ohne Grabmal und Säule, die sie bewacht;
Ich mißgönne der Asche in Grabeshügeln
Die ewige Nacht …
Denn ein ruhiges Lager – nie find ich es mehr!
Gott, mir ist schwer!

Man hieß in der Heimat ein Kind für mich beten,
In Unschuld betet es täglich für mich …
Doch meiner Heimat Boden nochmals betreten
Werde ich nicht.
Denn dem betenden Kinde schenkt niemand Gehör.
Gott, mir ist schwer!

Den riesigen Bogen, den – farbenfroh glänzend –
Deine Engel hoch über den Himmel gespannt,
In hundert Jahren schauen andere Menschen
Sterbend ihn an.
Ob je ich zurück in meine Nichtigkeit kehr?
Gott, mir ist schwer!

Geschrieben bei Sonnenuntergang auf dem Meer
vor Alexandria.
19. Oktober 1836

Z Nilu
Do ***

Kiedy smutny nad Tella siedziałem jeziorem,
Ty przyleciałaś do mnie … z dalekiej krainy,
Jak przywabiony gołąb – białością smutnego
Ptaka na pustym domie … i długo nas ludzie
Widzieli nad jeziorem – dumających razem,
Nie wiedząc, żeśmy w toniach błękitnych szukali
Gwiazdeczki szczęścia bardzo dawno utraconej …
Nie wiem, czyś ją znalazła beze mnie … czy jeszcze
Smutną pod płaczącymi wierzbami zastaje
Biały księżyc … O moja miła siostro duszy!
Jak ci zimno być musi … we wrześniowych nocach
Oświeconej czerwonym światełkiem komina,
W którym wilgotne płaczą gałęzie … W Szwajcarów
Ziemi łuk dawny Tella, jaśniejszy niż słońce
Przez sześć miesięcy roku … Jam się bardzo zręcznie
Zimie sypiącej za mną śniegami wywinął.
Słońce błyszczy mi złote – mógłbym tobie posłać
Zamiast zwiędłej rozmowy – pod myślącym słońcem
Róże dziś rozwinięte i świeże … myślące …
Lecz na co tobie róże – ty, co kwiaty wdowie
Rwiesz na łąkach i nimi ubierasz słomiany
Kapelusz …

Vom Nil
An ***

Als traurig ich am See des Tell gesessen,
Bist du aus fernem Land zu mir geflogen,
Der Taube gleich verlockte dich die Weiße
Des Vogels auf dem leeren Haus … Und lange
Sahn Leute uns am See gemeinsam träumen,
Nicht wissend, daß wir in den blauen Tiefen
Den längst verlornen Stern des Glückes suchten …
Du fandst es ohne mich? … Sag! Oder sieht dich
Noch immer traurig unter Trauerweiden
Der weiße Mond? … O meine Herzensschwester!
Wie muß dir kalt sein in Septembernächten,
Vom roten Feuer des Kamins erleuchtet,
In dem das Brennholz weint … Im Land der Schweizer
Erglänzt ein Halbjahr heller als die Sonne
Der alte Bogen Tells … Doch hab den Winter,
Den Schnee behend ich hinter mir gelassen,
Die goldne Sonne blendet – und ich könnte
Anstelle eines welken Briefs dir senden
Erst heut erblühte Rosen, welche denken …
Doch brauchst du Rosen? Pflückst du nicht auf Wiesen
Die Witwenblumen, um damit zu schmücken
Den Strohhut? …

Ägyptisches Dorf am Nil,
Zeichnung von Juliusz Słowacki

Kloster am Nil,
Zeichnung von Juliusz Słowacki

Czyż dla ziemskiego tutaj wojownika
Walka jest wieczną? czyliż dni człowieka
Nie są na ziemi jak dni najemnika? ...
A jako sługa odpoczynku czeka,
Albo robotnik czeka swej zapłaty,
Tak mnie miesiące, co przynoszą straty,
Dałeś, o Boże, i stroskane noce;
A gdy położę się, myślę o wstaniu
I myślę tylko o prędkim świtaniu,
I do świtania się nędzny kłopocę,
A skórę moją robactwo już stacza,
I proch jest na niej – i w kawały pada ...

Ist für den Krieger auf Erden der Kampf denn
unendlich?
Sind denn die Tage des Menschen nicht Tage des
Söldners? …
Während auf Ruhe der Knecht, auf Entlöhnung der
Arbeiter wartet,
Gabst du mir, Gott, nur Verluste und Nächte voll
Kummer;
Lege ich abends mich nieder, so denke ich nur an
das Morgen,
Denke, bis morgens es dämmert, und quäle mich
kläglich;
Würmer zerfressen die Haut mir – sie hängt schon
in Fetzen …

Do A. M.

Ogniem, żałością wre zamknięte łono;
A kiedy zacznę się na serce dąsać,
Chciałbym je wyrwać z mych piersi i skąsać
I precz odrzucić tę rzecz tak zhańbioną

Twoją miłością, że ognie, co płoną,
Dotąd nie mogły go uczynić czystym!
A ty myślałaś, że ja z tym ognistym
Sercem – nazwę cię kochanką i żoną?

O! pierwej piekło! niżby czoło dumne
Na twoim zimnym sercu kiedy spało!
A niż całować twe usta rozumne

I twoje białe marmurowe ciało
Owionąć ogniem i żyć z taką skałą,
Jaką ty jesteś, zimna! – lepiej w trumnę!

An A. M.

Die Brust erglüht vor Leid mir, das nicht endet;
Und ständig muß ich übers Herz mich ärgern,
Heraus würd ich es reißen – und es werfen
In ferne Weite, denn es ist geschändet

Von deiner Liebe, daß die Flammen brennen;
Bis heute konnten sie es nicht mehr läutern. –
Allein du glaubtest, mit des Herzens Feuer
Würd ich Geliebte oder Frau dich nennen!

Ich will mich lieber in der Hölle wissen,
Als meine Stirn ans kalte Herz zu legen,
Als Lippen, die vernünftig sind, zu küssen.

An einen Marmorleib soll ich mich schmiegen?
Mit einem Felsen, gleich wie du, ich leben?
Nein, Kalte, lieber will im Grab ich liegen.

Testament mój

Żyłem z wami, cierpiałem i płakałem z wami,
Nigdy mi, kto szlachetny, nie był obojętny,
Dziś was rzucam i dalej idę w cień – z duchami –
A jak gdyby tu szczęście było – idę smętny.

Nie zostawiłem tutaj żadnego dziedzica
Ani dla mojej lutni, ani dla imienia; –
Imię moje tak przeszło jako błyskawica
I będzie jak dźwięk pusty trwać przez pokolenia.

Lecz wy, coście mnie znali, w podaniach przekażcie,
Żem dla ojczyzny sterał moje lata młode;
A póki okręt walczył – siedziałem na maszcie,
A gdy tonął – z okrętem poszedłem pod wodę ...

Ale kiedyś – o smętnych losach zadumany
Mojej biednej ojczyzny – przyzna, kto szlachetny,
Że płaszcz na moim duchu był nie wyżebrany,
Lecz świetnościami dawnych moich przodków świetny.

Niech przyjaciele moi w nocy się zgromadzą
I biedne serce moje spalą w aloesie,
I tej, która mi dała to serce, oddadzą –
Tak się matkom wypłaca świat, gdy proch odniesie ...

Niech przyjaciele moi siądą przy pucharze
I zapiją mój pogrzeb – oraz własną biedę:
Jeżeli będę duchem, to się im pokażę,
Jeśli Bóg mię uwolni od męki – nie przyjdę ...

Mein Testament

Ich lebte – und ich weinte, litt mit euch.
Wer edel war, war wert mir wie das Leben.
Nun laß ich es und geh – ins Geisterreich,
Bedrückt, als würd es Glück auf Erden geben.

Nicht *einen* Erben laß ich hier zurück,
Nicht für den Namen, nicht für meine Lieder:
Er ist verglüht in einem Augenblick;
Leer hallt er über Generationen wider.

Allein, wer mich gekannt, verkünde, daß
Fürs Vaterland ich stritt, beharrlich, munter;
Solang es kämpfte, saß ich auf dem Mast,
Als es versank, ging mit dem Schiff ich unter …

Doch wer das Schicksal meines Vaterlands,
Das traurige, genau betrachtet, weiß es:
Gering nicht war der Väter Ruhm und Glanz,
Erbettelt nicht die Hülle meines Geistes.

Und eines Nachts kommt, Freunde, und verbrennt
Mit Aloe mein armes Herz, um's jener
Zurückzugeben, die's mir einst geschenkt –
So weiß die Welt die Mütter zu entlöhnen …

Dann sammelt mit Pokalen euch im Kreis
Und trinkt auf meinen Tod – und euer Elend …
Werd ich ein Geist, erschein ich euch als Geist,
Werd ich vom Leid erlöst, so werd ich fehlen …

Lecz zaklinam – niech żywi nie tracą nadziei
I przed narodem niosą oświaty kaganiec;
A kiedy trzeba, na śmierć idą po kolei,
Jak kamienie przez Boga rzucane na szaniec! …

Co do mnie – ja zostawiam maleńką tu drużbę
Tych, co mogli pokochać serce moje dumne;
Znać, że srogą spełniłem, twardą bożą służbę
I zgodziłem się tu mieć – niepłakaną trumnę.

Kto drugi tak bez świata oklasków się zgodzi
Iść … taką obojętność, jak ja, mieć dla świata?
Być sternikiem duchami napełnionej łodzi,
I tak cicho odlecieć, jak duch, gdy odlata?

Jednak zostanie po mnie ta siła fatalna,
Co mi żywemu na nic … tylko czoło zdobi;
Lecz po śmierci was będzie gniotła niewidzialna,
Aż was, zjadacze chleba – w aniołów przerobi.

Ihr aber sollt dem Volk ein Vorbild sein,
Habt Mut, brecht für Erkenntnis eine Lanze;
Falls nötig, opfert euch, sterbt wie ein Stein,
Von Gott geschleudert auf des Feindes Schanze …

Nur wenige verstanden, liebten mich;
Mein Herz war stolz – wer dächte da noch meiner?
Vor Gott erfüllte ich die schwere Pflicht –
Und wußte es: an meinem Grab weint keiner …

Wer würde ohne Beifall dieser Welt
Wie ich, fern dieser Welt und ihren Dingen,
Ein Boot voll Geister steuern – und ihm still
Entfliegen wie ein Geist auf Geisterschwingen? …

Doch überlebt mich eine dunkle Kraft
Und bringt vielleicht doch Nutzen, wenn auch späten:
Nach meinem Tod wird sie gespensterhaft
Euch Brotverzehrer noch – zu Engeln kneten.

Beniowski
(Urywek z pieśni V)

Bo kiedy grzebię w ojczyzny popiołach,
A potem ręce znów na harfie kładnę:
Wstają mi z grobu mary, takie ładne!

Takie przejrzyste! świeże! żywe! młode!
Że po nich płakać nie umiałbym szczerze,
Lecz z nimi taniec po dolinach wiodę,
A każda, co chce, z mego serca bierze:
Sonet, tragedią, legendę lub odę –
To wszystko, co mam, co kocham, w co wierzę.
W co wierzę … Tu mię spytasz czytelniku:
„W co? …“ Jeśli powiem – będzie wiele krzyku.

A naprzód ten rym, co drwi lub przeklina,
Ma polityczne credo; jest to sfera
Dantejska. Wierzę sercem poganina
W rym Szekspirowski, w Danta i w Homera.

Beniowski
(Auszug aus dem V. Gesang)

Doch wenn ich in der Heimat Asche wühle
Und meine Hände dann zur Harfe greifen,
Sind's Traumgestalten, die aus Gräbern steigen.

So jung und frisch, so strahlend, so behende,
Daß ich um sie zu weinen nicht vermöchte,
Zum Tanze reich ich ihnen meine Hände,
Und jede raubt mir, was sie immer möchte:
Lied, Ode, Trauerspiel, Legende –
Nur dies ist's, was mir bleibt, was ich verfechte,
Woran ich glaub. „Was ist's?" ist deine Frage.
Ein riesiges Geschrei gibt's, wenn ich's sage:

Der Reim zuerst, der flucht und neckt, mit Freude,
Dies mein politisch Credo! Stets bekannte
Ich mich zu ihm. Ich glaube wie ein Heide
An Shakespeares Reime, an Homer und Dante.

W albumie E. hr. Krasińskiej

Chciałbym, ażeby tu wpisane słowo,
Jeśli na wieka ma słowem pozostać,
Aby słów miało nieśmiertelnych postać
Albo posągów piękność marmurową,
Lub jak Walkhirie, co noszą nad głową
Wieniec z piorunów i we krwi szeleszczą,
Chciałbym, ażeby miało taką wieszczą
Groźbę i skrzydła, i twarz piorunową.

Lecz słowo martwe. – Ale wy jesteście
Jako Walkhirie z północy przybyłe:
Pod wasze stopy rzucamy niewieście
Grobowce nasze. – A wy na mogiłę
Wstąpcie, a kto wart życia, tego wskrzeście.

Paryż, d. 29 czerwca 1841 r.

Der Gräfin E. Krasińska ins Album

Ich möchte, daß dem Wort, das hier geschrieben,
Sofern es Worte gibt, die ewig bleiben,
Unsterblichkeit in Sinn und Klang beschieden,
Daß es als Marmorbild in Schönheit strahle,
Daß – so wie auf dem Haupte die Walküren
Im Blutrausch Blitz und Donner mit sich führen –
Es drohend und prophetisch, und mit Flügeln,
Ein gleiches Blitz- und Donnerantlitz zeige.

Allein das Wort ist tot. – Wie die Walküren
Kamt ihr von Norden – steht vor unsren Türen:
Wir werfen euch zu Füßen unsre Gräber.
Mit festem Schritt sollt ihr darübergehen:
Wer lebenswert, den laßt ihr auferstehen.

Paris, 29. Juni 1841

Anioły stoją na rodzinnych polach
I chcąc powitać lecą w nasze strony,
Ludzie schyleni w nędzy i w niedolach
Cierniowymi się kłaniają korony,
Idą i szyki witają podróżne,
I o miecz proszą tak jak o jałmużnę.

– Postój! o postój, hułanie czerwony,
Przez co to koń twój zapieniony skacze?
– To nic ... to mojej matki grób zhańbiony,
Serce mi pęka, lecz oko nie płacze. –
Koń dobył iskier na grobie z marmuru
I mściwa szabla wylazła z jaszczuru.

Engel stehn auf heimatlichen Feldern,
Fliegen grüßend hin zu Flur und Wäldern,
Unter Kreuz und Dornenkrone beugen
Menschen sich, die Not und Unrecht leiden;
Unterwegs sehn Reiter sie, die traben,
Flehn um Schwerter wie um milde Gaben.

– Halte, roter Reitersmann, bleib stehen!
Warum schäumt dein Pferd? Was ist geschehen?
– Nichts ... Der Mutter Grab, es ist geschändet,
Weinen kann ich nicht – ich bin geblendet.
Auf den Grabstein springt das Pferd, schlägt Funken,
Und der Säbel blitzt, vor Rache trunken.

Nie używałem leków i lekarzy,
O! moi bracia, chcąc pozostać z wami,
Ale się tłukłem z wichrem i z falami
Pytając czasu: która moc przeważy?
Czy moje duchem napełnione ciało?
Czy morze, które wichrami szalało?

Wstydzę się wyznać! Morze zwyciężyło
Swoim bałwanem zimnym i szalonym,
A ja się wstydzę wyznać zwyciężonym
Wichrów szaleństwem i żywiołów siłą.

Ich bräuchte weder Arzt noch Arzenei,
Wär ich bei euch nun, Brüder und Gesellen!
Doch schlug ich mich mit Winden und mit Wellen,
Die Zeit befragend, wer nun stärker sei:
Ist es der Körper, wenn ihn Geist erfüllt?
Ist es das Meer, wenn's wütet, rasend, wild?

Das Meer – o Schande! – hat den Sieg errungen,
Mit seinem Tosen, wild und ungehalten;
Ich schäm mich zu gestehn: ich bin bezwungen
Vom Sturmestoben, von Naturgewalten.

W pamiętniku Zofii Bobrówny

Niechaj mię Zośka o wiersze nie prosi,
Bo kiedy Zośka do ojczyzny wróci,
To każdy kwiatek powie wiersze Zosi,
Każda jej gwiazdka piosenkę zanuci.
Nim kwiat przekwitnie, nim gwiazdeczka zleci,
Słuchaj – bo to są najlepsi poeci.

Gwiazdy błękitne, kwiateczki czerwone
Będą ci całe poemata składać.
Ja bym to samo powiedział, co one,
Bo ja się od nich nauczyłem gadać;
Bo tam, gdzie Ikwy srebrne fale płyną,
Byłem ja niegdyś, jak Zośka, dzieciną.

Dzisiaj daleko pojechałem w gości
I dalej mię los nieszczęśliwy goni.
Przywieź mi, Zośko, od tych gwiazd światłości,
Przywieź mi, Zośko, z tamtych kwiatów woni,
Bo mi zaprawdę odmłodnieć potrzeba.
Wróć mi więc z kraju taką – jakby z nieba.

13 marca 1844. Paryż

Zofia Bobrówna ins Gedenkbuch

Um Verse, nein, soll Zośka mich nicht bitten,
Denn wird zurück sie in die Heimat kehren,
Wird jedes Blümchen Verse ihr gebären
Und jedes Sternchen ihr ein Liedchen widmen.
Bevor es fällt, hör hin, bevor's verweht:
Das Sternchen ist – wie's Blümchen – ein Poet!

Die roten Blumen und die blauen Sterne,
Sie dichten, Zośka, dir sogar Poeme.
Ich tät für dich ein gleiches nur zu gerne.
Allein, wer lehrte mich das Reimen? – Jene!
Denn wo der Ikwa Silberwelle fließt,
War für uns Kinder einst das Paradies.

Als Gast verweilte ich in weiten Fernen,
Von meinem Unglückslos gejagt, getrieben.
Bring, Zośka, mir das Licht von jenen Sternen,
Bring, Zośka, mir den Duft von jenen Blüten!
Denn es gebricht an Jugend mir, an Glück.
Von dort – wie aus dem Himmel – kehr zurück!

13. März 1844. Paris

Jeżeli kiedy w tej mojej krainie,
Gdzie po dolinach moja Ikwa płynie,
Gdzie góry moje błękitnieją mrokiem,
A miasto dzwoni nad szmernym potokiem,
Gdzie konwaliją woniące lewady
Biegną na skały, pod chaty i sady –

Jeśli tam będziesz, duszo mego łona,
Choćby z promieni do ciała wrócona:
To nie zapomnisz tej mojej tęsknoty,
Która tam stoi jak archanioł złoty,
A czasem miasto jak orzeł obleci
I znów na skałach spoczywa i świeci.

Powietrze lżejsze, które cię uzdrowi,
Lałem z mej piersi mojemu krajowi ...

Bist du dereinst in meinem fernen Land,
Wo in den Tälern meine Ikwa fließt,
Wo Berge blauen in der Dämmrung Brand,
Die Stadt sich regt, das Bächlein sich ergießt,
Die Wiesen hell im Maienglöckchenduft
Zu Hütten eilen, und zu Fels und Kluft –

Bist, Seele meiner Brust, du einmal dort,
Ein Körper werdend nur aus einem Strahl,
Gedenkst du meiner Wehmut immerfort:
Ein goldner Engel, steht sie – und aufs Mal
Umfliegt mit Adlerschwingen sie die Stadt,
Setzt sich auf einen Felsen, schimmert matt.

Gesunden wirst du dort: ein Lufthauch leicht
Strömt aus der Brust mir auf mein Land, mein
Reich …

Wielcyśmy byli i śmieszniśmy byli,
Bośmy się duchem bożym tak popili,
Że nam pogórza, ojczyste grobowce
Przy dzwięku fletni skakały jak owce,
A górom onym skaczącym na głowie
Stali olbrzymy – miecza aniołowie.

Ustały dla nas bić godzin zegary,
Duch nie miał czasu, a czas nie miał miary;
Szedł błyskawicą do wieczności progu
Duch – a stał wieczność – kiedy stanął w Bogu.
Zaprawdę powiem, bracia moi mili,
Żeśmy się duchem przeświętym popili.

Teraz jesteśmy z ducha wytrzeźwieni,
Bracia rozumni – czciciele pieczeni ...
W głowach się nie ćmi, jak pierwej, słonecznie,
Fletnie nie grają, mogiły śpią wiecznie,
Czas nasz zgodzony z ziemi zegarami –
Stoim i śpiemy ... a świat śpi pod nami.

Wir waren groß – und lächerlich und toll,
Am Geiste Gottes tranken wir uns voll,
Daß unsre Grabeshügel, unsre Höhen,
Beim Flötenklang wie Schafe tanzten, blökten;
Auf jedem Berg, der tanzte, jeder Spitze
Erschien ein Riesenengelsschwert und blitzte.

Für uns gab's keine Stunden mehr; der Geist
War ohne Zeit – und ohne Maß die Zeit;
Er flog zur Ewigkeit, als Blitz entbrannt,
Ward Ewigkeit – als er in Gott sich fand.
Wahr ist es, daß am Geist, ich muß es sagen,
Am Heiligsten, wir uns betrunken haben.

Vom Geist ernüchtert und vernünftig wieder,
Ist, liebe Brüder, uns – der Braten lieber …
Im Kopf ist es, wie früher, hell und sonnig,
Die Flöte schweigt, die Gräber schlafen wonnig;
Die Zeit ist wieder irdisch eingestellt –
Wir stehn und schlafen … Unten schläft die Welt.

Dajcie mi tylko jednę ziemi milę –
Może, o bracia, za wiele zachciałem!
Dajcie mi jedną bryłę – na tej bryle
Jednego – duchem wolnego i ciałem,
A ja wnet z siebie sprawię i pokażę,
Że taki posąg – dwie będzie miał twarze.

Dajcie mi gwiazdę mniejszą od miesiąca,
Kometę złotym wiejącą szwadronem,
Niechaj po lasach będzie latająca,
A tylko święta jednym polskim zgonem,
A ja wnet siły dobędę nieznane,
Skrzydła wyrzucę – i wnet na niej stanę ...

O bracia moi! kiedy krzyżem leżę
A proszę Boga o kraj, o człowieka –
To mi się zdaje, że tętnią rycerze,
A wróg z piorunem przed nimi ucieka ...
Chcę biec – lecz kiedy na blask gwiazd wynidę,
Gwiazdy mię drwiące pytają, gdzie idę.

O gwiazdy zimne, o świata szatany,
Wasze mię wreszcie niedowiarstwo zwali ...
Już prawie jestem człowiek obłąkany,
Ciągle powiadam, że kraj się już pali,
I na świadectwo ciskam ognia zdroje –
A to się pali tylko serce moje! ...

Gebt mir von der Erde eine Meile –
Oder, Brüder, ist mein Wunsch zu dreist?
Eine Scholle nur – darauf nur einen,
Der an Körper frei ist und an Geist.
Und an mir beweis ich's, daß – o wißt's! –
Diese Statue zweigesichtig ist.

Gebt mir einen Stern – er möge schweben
Über Wäldern, kleiner als der Mond,
Einen hell erleuchteten Kometen,
Heilig durch nur eines Polen Tod.
Kräfte find ich gleich, und zu ihm hin
Flieg ich – und schon stehe ich auf ihm.

Lieg ich da mit ausgestreckten Armen,
Im Gebet für Mensch und Vaterland,
Ist's, als hörte Reiter ich, die traben,
Und die Feinde fliehn schon außer Land …
Eilen will ich zu den Sternen hin –
Spöttisch fragen sie: Du eilst? Wohin?

Kalte Sterne ihr, der Welt Satane,
Eure Zweifelssucht obsiegt am End.
Denn mir ist, ich glaube einem Wahne,
Sag ich ständig doch, die Heimat brennt,
Und ich schleudre Flammen himmelwärts,
Doch was brennt – es ist allein mein Herz! …

Los mię już żaden nie może zatrwożyć,
Jasną do końca mam wybitą drogę,
Ta droga moja – żyć – cierpieć – i tworzyć,
To wszystko czynię – a więcej nie mogę.

Dawniej miłością różane godziny
I w zorzach jeszcze jaśniejsze pochodnie;
Dzisiaj, przy schyłku dnia, ważniejsze czyny,
Wielkie i smętne jak słońce zachodnie.

Na nich się zegar życia zastanowi
I puści ducha-skowronka w otchłanie,
Pomóżże, Boże, temu skowronkowi,
Niech wesół leci – niech wysoko stanie.

A raczej powiem – gdy się żywot zmierzcha,
Dusza-jaskółka daleko od ziemi,
Pomóż jaskółce, co mi z oczu pierzcha
Z oczkami w światło rozweselonemi.

Nichts mehr, kein Los kann mich schrecken auf Erden,
Dies ist mein Weg – und er leuchtet mir licht:
Leben ist Leiden, und Leiden ist Werden,
Schöpferisch tätig sein – mehr kann ich nicht.

Längst sind die Zeiten der Liebe entschwunden,
Rosig, von Lichtern des Morgens durchwirkt;
Taten erfordern der Dämmerung Stunden,
Tragisch und groß wie die Sonne, die stirbt.

Richte die Uhr meines Lebens nach ihnen,
Gott – und entlasse die Lerche, den Geist,
Hilf ihr zu fliegen, von Strahlen beschienen,
Freudig auf Wegen, die, Gott, du ihr weist.

Wird's einmal Nacht für das Leben, befreie,
Schöpfer, die Schwalbe, die Seele – und gib,
Daß sie, zum Lichte entfliehend, sich freue,
Daß sie mit freudigen Augen es sieht.

Daję wam tę ostatnią koronę pamiątek
I łez, i dawnych moich nadziei koronę …

Dawniej myślałem rzeczy uczynić szalone,
Wami – założyć nowych narodów początek,
Lecz mi teraz wystarczy mały ziemi kątek,
Gdzie w deskowej się zawrę muszli i utonę.

Ich geb euch diese Krone des Erinnerns,
Die Tränen und den Kranz vergangner Träume ...

Einst wollte Wahnsinnstaten ich vollbringen
Mit euch einst – neue Nationen gründen.
Jetzt reicht ein Fleckchen Erde mir: dort werde
In einer Brettermuschel ich versinken.

Do matki

Zadrży ci nieraz serce, miła matko moja,
Widząc powracających i ułaskawionych,
Kląć będziesz, że tak twarda była na mnie zbroja
I tak wielkie wytrwanie w zamiarach szalonych.

Wiem, żebym ci wróceniem moim lat przysporzył; –
Mów, kiedy cię spytają, czy twój syn powraca,
Że syn twój na sztandarach jak pies się położył,
I choć wołasz, nie idzie – oczy tylko zwraca.

Oczy zwraca ku tobie … więcej nic nie może,
Tylko spojrzeniem tobie smutek swój tłumaczy;
Lecz woli konający – nie iść na obrożę,
Lecz woli zamiast hańby – choć czarę rozpaczy!

Przebaczże mu, o moja ty piastunko droga,
Że się tak zaprzepaścił i tak zaczeluścił;
Przebacz … bo gdyby nie to, że opuścić Boga
Trzeba by – toby ciebie pewno nie opuścił.

An die Mutter

Ich weiß es, liebe Mutter, wie du zitterst,
Siehst die Begnadigten du heimwärts kehren,
Und du verfluchst die Rüstung, die mich drückte,
Und die Beharrlichkeit in meinen Plänen.

Kehrt' ich zurück, es mehrte deine Jahre;
Wirst du gefragt: „Dein Sohn, er kommt nun wieder?"
Sag: „Dort liegt wie ein Hund er auf der Fahne,
Und ruf ich, kommt er nicht … regt nur die Lider."

Er schaut zu dir … Zu mehr ist er nicht fähig,
Im Blick allein dir seine Trauer zeigend;
Die Leine wär für den, der endet, schmählich,
Der Schande zieht er vor den Kelch des Leidens.

Verzeih's, daß er zugrunde sich gerichtet,
Daß er verloren ging, verzeih es, Liebe!
Wenn er dabei nicht Gott verlassen müßte,
Wär er bei dir nun, wo er immer bliebe.

Do matki

W ciemnościach postać mi stoi matczyna,
Niby idąca ku tęczowej bramie –
Jej odwrócona twarz patrzy przez ramię,
I w oczach widać, że patrzy na syna.

Salomea Słowacka-Bécu,
die Mutter des Dichters

An die Mutter

Im Dunkeln seh vor mir ich die Gestalt der Mutter,
Zum Regenbogentor, vermein ich, will sie gehen –
Ihr Antlitz abgewandt, sucht über ihre Schulter,
Man liest's in ihrem Aug, sie auf den Sohn zu sehen.

Kiedy pierwsze kury Panu śpiewają,
Ja się budzę – i wzrok do gwiazd niosę,
Kiedy kwiatki w rosie czoła maczają,
Ja ożywam Pańską pijąc rosę.
Cherubiny wtenczas rzędem stają
I puklerze z ognia złotowłose
Przeciw duchom złym mają zwrócone,
Płaszcze, tarcze, jak żelaza czerwone.

Pan mię wtenczas na rannym świtaniu
Za bladymi gdzieś słucha niebiosy,
Serce moje się roztapia w śpiewaniu,
Sny ostatnie – przechodzą przez włosy.

Wenn zum Herrn die ersten Hähne krähen,
Wach ich auf – und schau zum Morgenstern,
Wenn in Tau die Blütenkelche stehen,
Leb ich auf – und trink vom Tau des Herrn.
Feurig stehn in einer Reihe – Engel,
Ihre goldnen Panzer leuchten, gleißen;
Um die bösen Geister abzuweisen,
Glühn – wie rote Eisen – Schilde, Mäntel.

Nimmt der Herr dann meine Stimme wahr,
Irgendwo am blassen Morgenhimmel,
Will das Herz mir vor Gesang zerspringen –
Letzte Träume gleiten mir durchs Haar.

Związano wieniec z rzeczy przeklętych,
Lamp pogaszono tysiące świętych,
Pod jeden topór ludzkość się kładzie,
Zegary wszystkie stoją na zdradzie,
Prac przenajświętszych łamie się moc:
O! wielka noc! o! wielka noc!

Czujmy – bo kur wnet zapieje trzeci,
Ciemności wiecznych anioł przeleci ...

Man flocht den Kranz aus den verruchten Dingen,
Man löschte Tausende geweihter Lampen;
Die Menschheit legt sich unters Beil – bleibt liegen,
Auf allen Uhren steht Verrat geschrieben;
Gebrochen ist der hohen Taten Macht:
Oh, große Nacht! Oh, große Nacht!

Doch wachen wir! – Der dritte Hahn, bald kräht er;
Der Finsternisse Engel, bald ersteht er …

O! nieszczęśliwa! o! uciemiężona
Ojczyzno moja – raz jeszcze ku tobie
Otworzę moje krzyżowe ramiona,
Wszakże spokojny, bo wiem, że masz w sobie
Słońce żywota.

O mein unglückseliges, unterworfenes Vaterland!
Noch einmal laß mich zu dir
Meine Kreuzesarme, sich öffnend, erheben!
Ich weiß – und es macht mich ruhig: in dir
Ist Sonne und Leben.

Gdy noc głęboka wszystko uśpi i oniemi,
Ja ku niebu podniósłszy ducha i słuchanie,
Z rękami wzniesionymi na słońca spotkanie
Lecę – bym był oświecon ogniami złotemi.

Pode mną noc i smutek – albo sen na ziemi,
A tam już gdzieś nad Polską świeci zorzy pręga,
I chłopek swoje woły do pługa zaprzęga,
Modli się. – Ja się modlę z niemi i nad niemi.

Tysiące gwiazd nade mną na błękitach świeci,
Czasem ta, w którą oczy głęboko utopię,
Zerwie się i do Polski jak anioł poleci;

Wtenczas we mnie ta wiara – co w litewskim chłopie,
Że modlitwa w niebiosach tak jak anioł kopie,
A czasem ziarno ducha wrzuci i zanieci.

Wenn die Nacht die Welt in Ruhe hüllt,
Lauscht mein Geist dem Himmel, und ich hebe
Meine Hände schon zur Sonne – schwebe
Strahlend wie von Feuern, lichterfüllt.

Unter mir nur Trauer, Schlaf und Nacht,
Über Polen erstes Morgengrauen,
Hinter Ochsenpflügen beten Bauern,
Betend halt ich über ihnen Wacht.

Tausend Sterne stehn am blauen Himmel,
Einer fällt schon – denn zu ihm nur schau ich – ,
Um nach Polen zu entfliehn als Engel;

Und wie Bauern meiner Heimat glaub ich:
Wie der Engel sein Gebet versenkt,
Sinkt das Korn des Geistes und entbrennt.

Bo to jest wieszcza najjaśniejsza chwała,
Że w posąg mieni nawet pożegnanie.
Ta kartka wieki tu będzie płakała
I łez jej stanie.

Kiedy w daleką odjeżdżasz krainę,
Ja kończę moje na ziemi wygnanie,
Ale samotny – ale łzami płynę –
I to pisanie …

Des Dichters größter Ruhm? Mit seinem Dichten
Zu wandeln in ein Standbild selbst das Scheiden.
Jahrhunderten wird dieses Blatt berichten
Von Schmerz und Leiden.

Wirst du zu fernem Uferstrich dich wenden,
So werde ich mein irdisches Verbleiben
In Einsamkeit und tränenreich beenden
Und dieses Schreiben …

Nachwort

Im wohl berühmtesten polnischen Roman des 20. Jahrhunderts, Witold Gombrowiczs *Ferdydurke*, findet sich eine bissige Parodie auf die verstümmelnde Kanonisierung von Juliusz Słowacki (1809–1849) durch einen Gymnasialprofessor:

„Also, warum erweckt Słowacki in uns Entzükken und Liebe? Warum weinen wir mit dem Dichter, wenn wir das wundervolle seraphische Poem *In der Schweiz* lesen? Warum schwillt in uns die Begeisterung, wenn wir die ehernen, heroischen Strophen des *König Geist* hören? Und warum können wir uns von den Wundern und den Zaubern der *Balladyna* gar nicht losreißen? Und wenn dann die Klagen der *Lilla Weneda* ertönen, warum reißt es uns das Herz in Stücke, warum sind wir bereit, dem unglückseligen König zu Hilfe zu fliegen, zu eilen? Hm ... warum? Darum, meine Herren, weil Słowacki ein großer Dichter war! Walkiewicz, warum? Wiederholen Sie, Walkiewicz – warum? Warum Entzücken, Liebe, weinen wir, Begeisterung, Herz, und fliegen, eilen wir? Warum, Walkiewicz?"

„Darum, weil er ein großer Dichter war", sagte Walkiewicz.

Die Schüler schnitzten mit ihren Taschenmessern in die Bänke oder machten kleine Kügelchen aus

Papier, so kleine, wie es nur ging, und warfen sie ins Tintenfaß.[1]

Juliusz Słowacki als Verkörperung der polnischen Romantik, empfindsam und heroisch zugleich, von einem Glorienschein umflort – das ist der Mythos, der sich im 19. Jahrhundert langsam herausbildet und den auch der charismatische Führer des Zwischenkriegspolen, Marschall Piłsudski, geschickt für die Restauration des polnischen Nationalgefühls vereinnahmt: Im Jahr 1927 werden die sterblichen Überreste Słowackis in einer pompösen Zeremonie von Paris nach Krakau überführt.
Słowackis Poesie vereinigt phantastische Inspiration mit ungewöhnlicher Sprachgewalt, wirkt aber heute auf viele Leser manieriert. Allerdings übersieht eine solche Lektüre, daß man es hier mit einem Dichter zu tun hat, der das Stilmittel des ornamentalen Ballasts absichtlich und gezielt einsetzt. Słowackis künstlerisches Verfahren stützt sich auf eine antirealistische Poetik. Immer wieder insistiert Słowacki auf dem Gedanken, daß sich die Schönheit einer Erscheinung erst der dichterischen Vorstellungskraft erschließen kann. In einer Notizbucheintragung findet Słowacki die kürzeste Formel für sein Programm: „Schönheit ist alles, was die Materie verengelt.“[2] Auch die Landschaftswahrnehmung unterliegt dieser Regel. In einem Brief aus dem Jahr 1831 an seine Mutter beschreibt Słowacki das Zusammenspiel von ästhetischer Vorlust, realistischer Schau und künstlerischer Erinnerung im Akt des Naturgenusses:

> Die Reise hat mir viele Eindrücke beschert, schade nur, daß alles weniger schön scheint als in der Vorstellung – und schließlich bleiben in der Erinnerung zwei Bilder – eins, wie es sein soll, mit den Augen ausgemalt; das andere schöner, schon lange von der Einbildungskraft geschaffen. Irgendwann bildet sich ein drittes, das allerschönste, aus der Einbildungskraft und der träumerischen Erinnerung – und vereinigt in sich alles, was am schönsten in diesen drei Bildern ist.[3]

Als bedeutendstes literarisches Produkt dieses Vorgangs kann das Poem *In der Schweiz* gelten. Słowackis legendäre Reise durch die Schweizer Berge muß erst das Prisma des romantischen Dichterbewußtseins passieren, bevor sie überhaupt Gegenstand des ästhetischen Erlebens werden kann. Am 31. Juli 1834 bricht Słowacki mit der befreundeten Familie Wodziński zu einer dreiwöchigen Reise durch die Schweizer Berge auf: Die Route führt von Genf über das Berner Oberland nach Luzern. Einzelne Stationen wie etwa die Gießbachfälle oder die Tellskapelle haben Eingang in Słowackis Poem gefunden, allerdings nur als Kulisse.[4] Der Autor richtet sein Darstellungsinteresse nämlich nicht auf die Aufzählung touristischer Details, sondern auf die eindrückliche Szenerie des romantischen Geschehens.

Welch eminente Bedeutung Słowacki der künstlerischen Verfremdung beimißt, zeigt die signalhafte Erwähnung von Delphinen, Zypressen oder Springbrunnen in der freien Schweizer Bergwelt. Gerade der krasse Antirealismus, der sich hier äußert, steht im Zentrum von Słowackis Programm der sublimierenden Wahrnehmung. Słowackis Naturbeschreibungen lassen sich nicht visuell rekonstruieren, seine Menschen sind nicht aus Fleisch und Blut. Das ist in diesem Fall wörtlich zu verstehen: Słowackis Vorliebe für das Anämische ist vor allem bei seinen Frauengestalten nicht zu übersehen. Später wird Słowacki die Antithese von rot blutender und weiß blühender Frau in seinem Drama *Lilla Weneda* (1839) zur handlungsbildenden Metapher erheben. Bereits im Schweizer Poem bildet das Wechselspiel von Rot und Weiß ein Leitmotiv, das sich durch die Darstellung des Liebesgeschehens zieht. Słowacki konstruiert einen privaten Liebesmythos, den er in verschiedenen Variationen immer aufs neue durchspielt. Dazu gehört auch der Dialog mit anderen literarischen Mustern. Bezeichnend ist in diesem Zusammenhang eine sinnfällige Dantereminiszenz. Im *Inferno* findet sich die berühmte Schilderung von Paolo Malatestas Liebe zu Francesca da Rimini. Der Akt des glückseligen erotischen Zusammenkommens wird hier literarisch eingeleitet, nämlich durch die gemeinsame Lektüre:

Wir lasen eines Tags zu unserer Lust
Von Lancelot, wie Liebe ihn bestrickte,
Wir waren ganz allein, ohn jede Ahnung.

Mehrmals beim Lesen mußten wir die Augen
Erheben, es entfärbt' sich unser Antlitz;
Doch eine Stelle war's, der wir erlagen.

Die war es, wo der heißbegehrte Mund

Von solchem Liebenden geküsset wurde,
Da küßte dieser hier, der nie von mir

Getrennt sein wird, erbebend mir den Mund,
Galeotto war das Buch und der es schrieb.
An jenem Tage lasen wir nicht weiter.[5]

Słowacki deutet Dantes Vorgabe in ihr Gegenteil um: Der Übergang aus der Literatur in den Bereich des Lebens kommt einem Alptraum gleich. Der sorgfältig konstruierte *locus amoenus*, der die Kulisse der gemeinsamen Lektüre bildet, verwandelt sich in eine wütende Natur, die das erkenntnisbegierige Liebespaar auseinandertreibt:

Wir saßen eines Morgens unter Föhren
Beim Wasserfall, allein, in stillem Sehnen,
Und lasen tränenvoll ein Buch voll Tränen.
[...]
Wie alles nun geschah – oh, wenn ich's wüßte:
Ich nahm sie in die Arme und ich küßte
Den Rosamund der Zitternden. Doch plötzlich
War wie verhext der Wasserfall. Entsetzlich:
Wir waren wie in einer Wasserhölle,
Es netzten Strahlen uns und feuchte Winde;
Da flohen aus den Blumen wir geschwinde –
Und lasen niemals mehr an jener Stelle.

Die körperliche Annäherung zerstört also nicht nur die Liebesgemeinschaft, sondern auch die schöne Landschaft. Das Gegenteil gilt ebenfalls: Das Zusammenkommen der Liebenden ist nur als Vision in der schönen Natur denkbar, als Spiegelung auf dem See.

Sag, Welle, wolltest du uns gleich verführen?
Nachdem wir uns erst Worte abgerungen,
Sahn in der Welle wir uns fest umschlungen!

Die einzig mögliche Verbindung mit der Geliebten besteht in der Anbetung „Ave Maria!" – das Gewicht dieser Worte wird durch die extreme Verkürzung des Hendekasyllabus auf fünf Silben angezeigt. Die erotische Apotheose stellt einen literarischen Kunstgriff dar, der Słowackis Poem mit Petrarcas *Canzoniere* verbindet. Petrarca entwirft im Bild der „heiligen Jungfrau, die aller Gnaden voll ist", eine Archetypik des Weiblichen:

Drei süße Namen sind in Dir verschlungen:
Kind, Mutter, Verlobte!
O Jungfrau, Hochgelobte![6]

Die verklärte Geliebte tritt hier als „Universalfrau" auf, die das maximal gesteigerte Begehren des männlichen Subjekts in allen weiblichen Rollen zu stillen hat. Auch Słowackis Text spielt mit der Vorstellung eines Rollentausches – die Geliebte als Heilige –, allerdings nur in einem metaphorischen Experiment. Den Höhepunkt des Schweiz-Poems markiert eine erotische Szene, deren sexuelle Bildlichkeit kaum verhehlt wird:

Als gestern in der ersten Tageshelle
Du Hals und Antlitz wuschest an der Quelle,
Stand eine Lilie dort, so schlank, gerade,
Und wartete bei dir, daß aus dem Bade
Du stiegest, um im Nu dich zu bedienen,

Und war so strahlend hell und lichtbeschienen.
Wie ich euch sah so weiß beisammenstehen,
Hab einen Traum von Engeln ich gesehen
Und zitterte vor innerer Bewegung
Und rührte an ein Blatt in der Erregung;
Das Blatt berührte andre Blätter leise,
Ein Rascheln war zu hören – von der Quelle
Bist du entsetzt geflohn mit Blitzesschnelle
Und stießest mit dem Schoß auf diese Weise
An manche Blume und zerbrachst den Stengel
Der Lilie – er fiel mitsamt der Blüte.

Der Einbruch des körperlichen Begehrens in die verklärte Engelssphäre führt in die Katastrophe. Die Szenerie des Liebesgeschehens, die weiße Welt der Gletscher und dunstverhangenen Alpentäler, ist ganz auf Sublimation angelegt. Sogar das Symbol des männlichen Verlangens, die schlank und gerade aufstrebende weiße Lilie, wird abseits des eigenen Körpers imaginiert.[7] Die gefährliche Verbindung von Geliebter und Lilie zerstört nicht nur die Blume, sondern verwandelt auch die idyllische Bergnatur in eine Todeslandschaft. Die gesamte Last der angestauten Schuldgefühle entlädt sich in einer apokalyptischen Szene. Die gefürchtete Bestrafung nimmt kosmische Ausmaße an: Die Sonne selbst könnte ihr Antlitz verändern oder sogar verdunkeln. Der Effekt des Unheimlichen wird vor allem durch eine geschickte Lichtregie erreicht – die vorherrschenden Silber- und Rosatöne werden abgeblendet, plötzlich erscheint das Eis blau, der See schwarz und die Sonne rot. Gerade der sorgfältig vorbereitete Assoziationsraum des „Roten“ kann nun seine Bedeutung entfalten: „Glühen“ und „Bluten“ werden bei Słowacki zwar nur metaphorisch eingesetzt, die erotische Konnotation beider Verben ist aber unverkennbar. Der Vollzug der Ehe bedeutet nichts Geringeres als die Perversion der christlich verklärten „weißen“ Liebe:

> Ich weiß allein noch, wie der Sonne Schimmer
> Das Antlitz Christi blutig-rot beschienen,
> Als ich an ihren eisig-kalten Finger
> Das Ringlein steckte ...

Die *raison d'être* des Schweiz-Poems liegt also nicht in der künstlerischen Wiedergabe eines Landschaftserlebnisses, sondern in der dramatischen Gestaltung von Słowackis subjektiver Liebeskonzeption, nämlich der Unvereinbarkeit von „weißer“ und „roter“ Liebe.

Die Forschung hat lange darüber gerätselt, wer die Adressatin von Słowackis Schweizer Liebeslyrik sein könnte. Während des Sommers 1835, in dem Słowacki wahrscheinlich mit der Arbeit an seinem Schweiz-Poem beginnt, entstehen nämlich in kürzester Zeit weitere Gedichte mit einer ausgeprägten Liebesthematik: *Verwünschung*, *Trennung*, *Gänseblümchen*. Als reales Vorbild der Geliebten wurde immer wieder Słowackis junge Begleiterin auf der Schweizerreise, Maria Wodzińska, genannt. Daneben vermutete man, die *Verwünschung* sei an Eglantine Pattey gerichtet, vor deren zudringlicher Liebe Słowacki im Sommer 1835 aus Genf nach Veytoux flieht. Solche eindimensionalen Deutungsversuche greifen allerdings zu kurz. Słowackis Liebesgedichte sind gerade nicht Ausdruck eines realen Begehrens oder Zurückweisens, sondern müssen als künstlerische Sublimation sorgfältig einstudierter Gefühlslagen verstanden werden.[8] Man darf zwar annehmen, daß Słowackis unglückliche Jugendliebe zu Ludwika Śniadecka (1802–1866) alle späteren Liebeserlebnisse archetypisch präfiguriert.[9] Aber auch in diesem Fall ist sich Słowacki der literarischen Prägung seiner Gefühle sehr wohl bewußt. In einem autobiographischen Fragment gesteht der Dichter: „Nachdem ich mich in Ludwika verliebt hatte, schuf ich mir einen Charakter, der dem düsteren Charakter von Byrons Helden ähnlich war."[10] Zu Słowackis Liebestheatralik gehört nicht nur die eigene inszenierte Gleichgültigkeit beim realen Abschied von der Geliebten, sondern auch die dichterische Verwertung dieses Auftrittes im Drama *Maria Stuart*.[11] Am 3. Oktober 1837 berichtet Słowacki seiner Mutter vom „einzigen großen Verlangen", das ihn auf seiner Orientreise heimgesucht habe – nämlich die Handlung von Byrons Verserzählung *Lara* nachzuspielen:

> Ich bedauerte ein wenig, daß ich nicht mit Gold gespickt war, denn mir kam ein romantischer Gedanke – ich wollte auf dem Markt von Kairo eine hübsche Abessinierin kaufen, sie als Pagen verkleiden und ein neuer Lara mit einer neuen Gulnara sein ... Mich dünkte sogar, ich hätte dieses unglückliche Mädchen, das niemanden außer mir auf dieser Welt hätte, wahnsinnig lieben können.

Es ist für Słowackis Liebeskonzept bezeichnend, daß die „wahnsinnige Liebe" nicht etwa die Initialzündung für das romantische Geschehen bildet, sondern sich umgekehrt als Folge der literarischen Vorstellungskraft einstellt. Deshalb ist es auch müßig, nach lebendigen Adressatinnen für Słowackis Liebeslyrik zu suchen. Viel wichtiger sind die Gedankenspiele des Dichters, in denen sich die Schichten der Erinnerung mehrfach überlagern. Verschiedene Eindrücke aus Vergangenheit und Gegenwart, aus Fiktion und Realität verschmelzen zu einem Bild und verwandeln sich in eine romantische Szene. In einem Brief vom 7. November 1834 verwendet Słowacki für die Beschreibung dieses Vorgangs explizit die Theatermetapher:

> Ich möchte euch alle, ihr Lieben, an einem Orte zusammenbringen – in einer wohlbekannten Gegend – und dies, damit ich euch in Gedanken um so leichter fände – wie die auf der Bühne agierenden Personen in einem Theaterstück, das mir meine Erinnerung beständig vorspielt. Und ich möchte die Schauspieler und die Kulissen sehen, sonst ist die Illusion nicht vollkommen – denn ich gebe zu, wenn ich jetzt an euch denke, muß ich euch zusammenführen und euch Worte in den Mund legen wie den Personen meiner Phantasie – meine eigenen Worte, Worte, die ich von euch hören möchte.[12]

Kohärenz darf man in Słowackis szenischer Erinnerungsarbeit nicht suchen: Seine Liebesgedichte wechseln unvermittelt von der Idylle (*Die Gänseblümchen*) über den Schmerz der *Trennung* zur *Verwünschung*. Dieselbe Sprunghaftigkeit spiegelt sich auch in Słowackis Träumen über Ludwika Śniadecka: So wird der Dichter im Libanongebirge von seiner Geliebten auf die Stirn geküßt, erklimmt aber gleich darauf einen der höchsten Felsen und stößt eine „gewaltige Verwünschung“ gegen sie aus.[13] Und noch 1842 (Słowacki steht schon über zehn Jahre nicht mehr in Kontakt mit seiner Jugendgeliebten) gestaltet er in einem Traum den Gedanken, daß sich unter dem maskenhaften Antlitz jeder wunderschönen Frau keine andere als Ludwika verbirgt:

> Vor kurzem hatte ich einen herrlichen Traum … Mir träumte, wir sollten uns am Fuße einer großen, einer riesigen Treppe, in der Vorhalle eines Schlosses, begegnen … Ich wußte, ich würde sie dort treffen – ich nahm also alle Kraft und alle Energie zusammen und trat zu ihr, und nachdem ich in ihr Gesicht – das leider schon veränderte! – geblickt hatte, kreuzte ich die Arme und wollte zu ihr sprechen … Aber kaum hatte ich die ersten Worte hervorgebracht, entrang sich mir ein heftiges Schluchzen, und ich sank auf die Stufen vor ihr wie Dante vor Francesca. Da nahm sie, die voller Mitleid vor mir stand, mit der Hand die gleichsam nebelhafte Maske vom Gesicht, die sie so verändert hatte – und sah mich, schöner denn je, eine ganze Weile an. Dann stieg sie langsam die Stufen hinan … und ich vernahm den Widerhall ihrer Schritte – immer höher – entschwindend – bis er schließlich vollends verklang.[14]

Es ist bezeichnend, daß Słowackis schöpferische Phantasie oft auf Abschiedsszenen zugravitiert –

die Thematik tritt programmatisch im Titel eines seiner berühmtesten Gedichte auf: *Trennung*. Die Situation des lyrischen Ich in den meisten Texten Słowackis ist durch Einsamkeit gekennzeichnet. Aber gerade der einsame Ort wird literarisch produktiv: Auf dem Meer vor Alexandria, „über hundert Meilen entfernt von der Küste", entsteht eine melancholisch gestimmte Hymne, in der das Schauspiel des Sonnenuntergangs in eine existentialistische Reflexion *avant la lettre* mündet. Und über dem reimlosen Erinnerungsgedicht an das Schweizer Liebeserlebnis steht – signalhaft die Distanz anzeigend – der Titel *Vom Nil.* Ferne bringt hier sprachbildende Sehnsucht hervor. Die maximale Entrückung von vertrauten Orten und Menschen kann jedoch nur der Tod garantieren. Vor allem in Słowackis Spätwerk drängt die Vorstellung vom eigenen Tod immer wieder an die Bewußtseinsoberfläche. Den Auftakt zu einer ganzen Reihe von Todesgedichten bildet Słowackis poetisches Vermächtnis *Mein Testament*, das um das Jahr 1840 entstanden ist. Bereits hier taucht die Möglichkeit der Umwandlung der „Brotverzehrer" in „Engel" auf. Dieser Gedanke wird zum zentralen Credo von Słowackis mystischer Metaphysik, die ihre philosophische Formulierung im Traktat *Genesis aus dem Geiste* (1844) gefunden hat. Das Motiv der Seele, die als Schwalbe dem Körper entfliegt, gestaltet Słowacki im Gedicht *Nichts mehr, kein Los kann mich schrecken auf Erden*:

Wird's einmal Nacht für das Leben, befreie,
Schöpfer, die Schwalbe, die Seele – und gib,
Daß sie, zum Lichte entfliehend, sich freue,
Daß sie mit freudigen Augen es sieht.

Der Tod wird als Erlösung von der Mühsal des Lebens gefeiert. Sterben bedeutet mithin keinen Abschluß, sondern den Übergang zu einer neuen geistig-ästhetischen Existenzform. Symbolisch drückt Słowacki diesen Gedanken in der Sargmetapher der „Brettermuschel" aus (*Ich geb euch diese Krone des Erinnerns*): Der Körper muß erst zugrunde gehen, bevor er – Botticellis Göttin der Schönheit gleich – einer Muschel entsteigen kann. Eine Bestätigung für seine Theorie findet Słowacki nicht nur in der Kunstgeschichte, sondern auch in der Religion. Untergang und Apokalypse verweisen in Słowackis Vorstellungswelt immer auch auf die Auferstehung; Leiden ist untrennbar mit der Hoffnung auf Erlösung gekoppelt. Gerade das Ostergeschehen bietet sich zur sinnstiftenden Veranschaulichung dieses Zusammenhangs an (*Man flocht den Kranz aus den verruchten Dingen*).
Daß sich die Loslösung der Seele vom Körper bei Słowacki oft mit dem Bild des Fliegens verbindet, folgt einer tieferen Logik. Die Vogelperspektive, die das lyrische Ich in den Gedichten *Gebt mir von der Erde eine Meile* oder *Wenn die Nacht die Welt in Ruhe hüllt* einnimmt, erlaubt die Erfahrung äußerster Freiheit:

Wenn die Nacht die Welt in Ruhe hüllt,
Lauscht mein Geist dem Himmel, und ich hebe

Meine Hände schon zur Sonne – schwebe
Strahlend wie von Feuern, lichterfüllt.

Unter mir nur Trauer, Schlaf und Nacht,
Über Polen erstes Morgengrauen,
Hinter Ochsenpflügen beten Bauern,
Betend halt ich über ihnen Wacht.

Wichtiger noch als die mühelose Überbrückung der Distanz zum Vaterland erscheint dabei die Tatsache, daß sich die Dichterseele der Menschheit in organisch-kraftvoller Weise, im ausgesäten „Korn des Geistes" mitteilt.
Bereits auf seinen ausgedehnten Reisen der dreißiger Jahre erfährt Słowacki erhöhte geographische Punkte als Geburtsorte eines Freiheitsgefühls, das die ideale Geistexistenz vorwegnimmt. In einem Brief vom 17. Februar 1837 erklärt Słowacki seiner Mutter die Bedeutung des „hohen" Orts:

> Der Gipfel des Faulhorns, die Kuppel des Petersdoms, der Vesuv, die Pyramiden waren für mich wie die höchsten Zweige eines Baums, auf denen ich armer Wandervogel mich für eine Weile niederließ, um mich auszuruhen.

Dieselbe Reihe („Faulhorn – St. Peter – Pyramiden – Gipfel") findet sich auch in Słowackis Reisetagebuch.[15] Der Übereinstimmung von *journal intime* und Korrespondenz mit der Mutter kommt in Słowackis Leben programmatische Bedeutung zu. Słowacki führt in seinen Briefen an die Mutter (sie machen die Hälfte der gesamten Korrespondenz des Dichters aus) einen Rechenschaftsbericht von einer

Ausführlichkeit, die er in seinen Tagebuchnotizen nur ausnahmsweise erreicht. Private Aufzeichnung und Brief werden zum Medium eines Selbstentwurfs, der auch das poetische Schaffen lenkt. Słowacki präsentiert sich immer wieder als politischer Autor, dessen künstlerische Laufbahn das Schicksal Polens spiegelt. Eine kurze autobiographische Notiz aus dem Jahr 1832 zeugt von stolzem Selbstbewußtsein:

> Die Revolution brach aus – die erste dichterische Stimme, welche das Volk vernehmen konnte, war Słowackis Gesang, der das ehrwürdige Kriegslied der Polen auferstehen ließ, das älteste Denkmal ihrer Sprache. Das erste Wort des alten Liedes in der neuen Hymne übte auf die Aufständischen eine elektrische Erschütterung aus. Die Auferstehung des Volkes war die Zeit der Auferstehung der poetischen Träume Słowackis.[16]

Im Gedicht *An die Mutter* wiederholt Słowacki dieses Wunschbild, das er in seinen letzten Lebensjahren zu einer mystischen Vision ausgestalten wird. Die politische Aspiration nimmt in Słowackis privater Werthierarchie einen äußerst hohen Rang ein: Der Dichter stellt seine Treue zum Vaterland über die Liebe zu seiner Mutter. Allerdings macht sich in beiden Fällen eine eigenartige Dialektik von Nähe und Distanz bemerkbar: Das Gegenstück zu Słowackis bisweilen exzentrisch anmutenden Loyalitätsbeteuerungen – das Bildnis der Mutter in seinem Brustmedaillon gilt ihm als madonnengleiches Heiligtum[17] – bildet die Tatsache, daß er den größten Teil seines erwachsenen Lebens fern von Vaterland und Mutter verbracht hat.

Verzeih's, daß er zugrunde sich gerichtet,
Daß er verloren ging, verzeih es, Liebe!
Wenn er dabei nicht Gott verlassen müßte,
Wär er bei dir nun, wo er immer bliebe.

Die Realität fordert allerdings auch ihren Tribut: Noch lange wird Słowacki von Schuldgefühlen verfolgt, weil er nach dem mißlungenen Novemberaufstand 1830 ins Ausland abgereist ist. Der Dichter sucht Kompensation in einer poetischen *translatio imperii*: Schon früh macht er den Anspruch geltend, ein polnischer Shakespeare zu werden.[18] 1832 merkt Słowacki in einem Brief an, Goethe sei nur gestorben, um ihm Platz zu machen. Die Bemerkung ist zwar in einem ironischem Ton gehalten, steht aber nicht so isoliert da, als daß sie als bloßer Witz abgetan werden könnte. Seiner Mutter gesteht Słowacki in einem Brief, daß er als Kind oft zu Gott gebetet habe, er möge ihm ein elendes Leben in Not und Verachtung bescheren, wenn er ihm nur unsterblichen Ruhm nach seinem Tod gewähre.[19] Die Grenze, die Słowackis byronistischen Wunschtraum von der sentimentalen Pose trennt, ist schnell überschritten. Słowacki ist sich dieser Gefahr wohl bewußt, weiß sie aber auch gezielt seinen Zwecken dienstbar zu machen. Gegenüber seiner Mutter spottet Słowacki etwa über den „verrückten" Einfall seiner Genfer Verehrerin Eglantine Pattey, nach seinem Tod sein Herz in einer silbernen Urne nach Polen zu tragen.[20] Acht Jahre später aber eignet sich Słowacki diesen

Einfall an und bringt ihn in eine ungebrochen romantische Tonlage. Am 16. Februar 1841 schreibt er aus Paris an seine Mutter:

> Und jetzt schreibe ich Dir ohne Exaltierung und einfach, daß Du den ersten Platz in meinem Herzen einnimmst – wenn ich sterbe, dann ordne ich an, mein Herz zu verbrennen und es Dir zu bringen, denn seine Asche gehört niemandem anderen.

Das Gedicht *Mein Testament*, das etwa zur gleichen Zeit entsteht, widmet diesem Motiv eine ganze Strophe:

> Und eines Nachts kommt, Freunde, und verbrennt
> Mit Aloe mein armes Herz, um's jener
> Zurückzugeben, die's mir einst geschenkt –
> So weiß die Welt die Mütter zu entlöhnen ...

Daß Bescheidenheit nicht eben die auffälligste Charaktereigenschaft Słowackis darstellt, läßt sich auch am Zeithorizont ablesen, während dem der Autor mit Lesern seiner Lyrik rechnet. Im Gedicht *Des Dichters größter Ruhm* verleiht Słowacki seiner Überzeugung beredten Ausdruck, noch lange im Bewußtsein der Nachwelt präsent zu bleiben:

> Jahrhunderten wird dieses Blatt berichten
> Von Schmerz und Leiden.

Unter diesen Umständen kann die Tatsache, daß Słowacki ständig mit dem nur wenig älteren polnischen Nationaldichter Adam Mickiewicz (1798–1855) rivalisiert, kaum erstaunen. Mickiewiczs berühmtes

Verdikt über Słowackis Poesie hat den Jüngeren jahrelang umgetrieben: Seine Gedichte seien wie ein schöner Tempel, in dem aber kein Gott wohne. Mickiewicz hat seine gönnerhaft-herablassende Haltung gegenüber Słowacki zeitlebens nicht aufgegeben. In seinen Vorlesungen über die slavischen Literaturen am Collège de France aus den vierziger Jahren erachtet er es sogar für unnötig, den Namen Słowackis überhaupt zu erwähnen.[21] Słowacki seinerseits schwankt zwischen Aggression und Anerkennung: Bald schimpft er Mickiewicz einen „Holzklotz" und „Lakaien", bald schickt er ihm seine Werke zur Begutachtung.[22] Auf alle Fälle hält Słowacki eine sorgfältig kalkulierte Distanz zu seinem Rivalen. Am 30. Juli 1832 berichtet er seiner Mutter: „Mickiewicz ist heute in Paris angekommen, aber ich gehe nicht als erster zu ihm; wenn er mich kennenlernen will, bitte sehr ..."
1834 erscheint Słowackis Drama *Kordian* anonym in Paris – mit Genugtuung registriert der Autor, daß sein Werk Mickiewicz zugeschrieben wird. Damit ist für Słowacki der Beweis erbracht, daß er Mickiewicz als Dichter ebenbürtig ist.[23]
Zumindest für einen berühmten Zeitgenossen hat sich dieses Problem nicht gestellt. Bereits 1840 ersetzt Zygmunt Krasiński (1812–1859) die statische Oben-Unten-Perspektive auf das Verhältnis zwischen Mickiewicz und Słowacki durch eine dynamische Sichtweise – als Kuriosum ist anzumerken, daß Krasiński sich selber zwar nicht explizit, aber in einer hinreichend deutlichen Anspielung als Synthese der beiden Dichter versteht:

> Adam Mickiewicz und Juliusz Słowacki sind zwei Meister, aber in verschiedenen Sphären, die sich auf den ersten Blick widersprechen, dabei aber vollkommen miteinander harmonieren und zum Zusammenfluß streben. Wenn sie aber zusammenfließen, wird ein dritter Meister erscheinen. In unserer Literatur gab es die Notwendigkeit Adams, es gibt die Notwendigkeit Juls, und es wird die Notwendigkeit dieses dritten geben. Ich halte Juliusz aber nicht für höher als Adam, sondern für seinen logischen Nachfolger. Adam könnte noch einmal soviele große, bedeutende und erhabene Werke schaffen, wie er sie der Welt bereits gezeigt hat (und ich glaube, daß es so sein wird), aber immer würde Juliuszs Geist eine Weiterentwicklung, eine unbedingt notwendige Folge von Adams Geist sein und bleiben, auch wenn er ihn äußerlich zu bekämpfen scheint. Das ist eine optische Täuschung unserer Epoche. Vielleicht bewahrheitet sich dereinst mein Vorgefühl, wenn sich die Welt von unserer Zeit entfernen wird.[24]

Krasińskis Deutung ist von prominenter Seite bestätigt worden. Cyprian Norwid (1821–1883), der faustische Erneuerer der polnischen Poesie, weist anläßlich einer Pariser Gedenkveranstaltung für Słowacki im Jahr 1882 darauf hin, daß Słowacki nicht Mickiewicz bekämpft habe, sondern die gefährliche Uniformität der Kultur – Słowackis schöpferische Tätigkeit bilde daher nicht einen Gegensatz, sondern eine Ergänzung zu Mickiewiczs Werk.[25]

Beide Zeugnisse räumen nicht nur mit einer falsch verstandenen Rivalität auf, sondern machen vor allem eines auf hervorragende Weise deutlich: daß die polnische Romantik ohne Słowackis Dichtung ein Torso geblieben wäre.

Ulrich Schmid

[1] Witold Gombrowicz, *Ferdydurke*, München 1983, 52f.

[2] Alina Kowalczykowa, *Słowacki*, Warszawa 1994, 235.

[3] *Korespondencja Juliusza Słowackiego*, Wrocław, Warszawa, Kraków 1962, I, 79.

[4] Für eine realistische Lektüre, welche die einzelnen Handlungsorte von Słowackis Poem geographisch identifiziert, vgl. Wacław Kubacki, „W krajobrazie kochanków", in: *Poezja* 185 (1981), 35–50.

[5] Dante Alighieri, *Die göttliche Komödie*. Übersetzt von I. und W. von Wartburg, Zürich 1963, S. 99f.

[6] Francesco Petrarca, *Canzoniere*. Übersetzt von Karl Förster, Mainz 1987, 239.

[7] Auch in *Anhelli* wird die Lilie mit der Männlichkeit, die Rose hingegen mit der Weiblichkeit in Verbindung gebracht. Verschoben taucht dasselbe Motiv des Begehrens in der Vorrede zu *Lilla Weneda* auf. Słowacki weist hier darauf hin, daß er beobachtet habe, wie Bauern ihren Hunger mit Lilienstengeln stillten. Vgl. Juliusz Słowacki, *Dzieła*, Wrocław 1952, II, 277, VII, 290.

[8] Ewa Łubieniewska, *Laseczka dandysa i płaszcz proroka*, Warszawa, Kraków 1994.

[9] Leszek Libera, „Schweizer Lyrik Słowackis: *Rozłączenie*", in: *Zeitschrift für Slavische Philologie* 52 (1992), 333–354.

[10] Juliusz Słowacki, *Dzieła*, Wrocław 1952, XI, 164.

[11] Ebd., XI, 159f., XIII, 98.

[12] *Korespondencja Juliusza Słowackiego*, Wrocław, Warszawa, Kraków 1962, I, 266.

[13] Ebd., I, 369.

[14] Ebd., I, 483.

[15] Juliusz Słowacki, *Dzieła*, Wrocław 1952, XI, 185.

[16] Ebd., XI, 182.

[17] Ebd., XIV, 262.

[18] Juliusz Kleiner, *Słowacki*, Wrocław, Kraków 1958, 45, 64, 75.

[19] *Korespondencja Juliusza Słowackiego*, Wrocław, Warszawa, Kraków 1962, I, 94f. Dieselbe Formulierung verwendet Słowacki auch in einer autobiographischen Notiz (*Dzieła*, Wrocław 1952, XI, 162).

[20] *Korespondencja Juliusza Słowackiego*, Wrocław, Warszawa, Kraków 1962, I, 187.

[21] *Kalendarz życia i twórczości Juliusza Słowackiego*, Wrocław 1960, 478, 506.

[22] *Korespondencja Juliusza Słowackiego*, Wrocław, Warszawa, Kraków 1962, I, 37, 269.

[23] Ebd., I, 239.

[24] Brief vom 18. Mai 1840 an Roman Załuski. In: Zygmunt Krasiński, *Listy do różnych adresatów*, Warszawa 1991, I, 341.

[25] Cyprian Norwid, *Pisma wszystkie*, 11 Bde., Warszawa 1971, X, 272.

Daten zu Leben und Werk

1809 Juliusz Słowacki wird als Sohn des Poesie- und Rhetorikprofessors Euzebiusz Słowacki (1772–1814) und seiner zwanzig Jahre jüngeren Frau Salomea in der ukrainischen Stadt Krzemeniec geboren.

1818 Słowackis Mutter, seit vier Jahren verwitwet, heiratet den Arzt August Bécu.

1824 Der Blitz erschlägt August Bécu in seinem Haus in Wilno. Mickiewicz wird 1832 diese Episode im dritten Teil seines Versdramas *Die Totenfeier* parodieren und damit den bereits schwelenden Streit mit Słowacki neu anfachen.

1825 Słowacki faßt eine heftige Zuneigung zu der sieben Jahre älteren Ludwika Śniadecka. Diese unglückliche Jugendliebe klingt nicht nur in vielen späteren Werken an (*Maria Stuart*, *Kordian*, *In der Schweiz*, *Beniowski*), sondern bestimmt auf nachhaltige Weise auch Słowackis Selbstentwurf.

1827 Słowackis Jugendfreund Ludwik Spitznagel, Student der Orientalistik in St. Petersburg, begeht Selbstmord. Słowacki nimmt dieses traumatische Erlebnis in seine lyrische Autobiographie *Stunde des Gedankens* (1833) auf.

1830 Słowacki besingt den polnischen Novemberaufstand gegen die russische Obrigkeit in zwei patriotischen Gedichten: in seiner „Hymne“ und in der „Ode an die Freiheit“.

1831 Über Dresden und Paris gelangt Słowacki nach London. Obwohl ihm die britische Hauptstadt sehr gut gefällt, kehrt Słowacki in die polnische Emigrantengemeinde nach Paris zurück.

1832 In Paris erscheinen Słowackis Gedichte in zwei kleinen Bänden, die der Autor selbst drucken läßt. Auf verschiedenen Abendgesellschaften trifft Słowacki mit Adam Mickiewicz (1798–1855) und Frédéric Chopin (1810–1849) zusammen (vgl. Ferdinand Hoesick, *Słowacki i Chopin*, Warszawa 1932).

1833 Słowacki reist nach Genf, wo das Drama *Kordian* entsteht. Mit Eglantine Pattey, der Tochter seiner Pensionswirtin, verbindet den Dichter bald eine herzliche Freundschaft. In Paris erscheint der dritte Band von Słowackis Gedichten.

1834 Im Sommer unternimmt Słowacki mit der Familie Wodziński einen Ausflug in die Schweizer Berge, den er später in seinem Poem *In der Schweiz* künstlerisch verarbeiten wird.

1835 Słowacki zieht aus Madame Patteys Pension aus, weil ihm Eglantines Liebe zu aufdringlich wird, und läßt sich in Veytoux am Genfersee nieder. Hier entstehen in kurzer Folge die Gedichte *Verwünschung*, *Trennung*, *Die Gänseblümchen* und *Wolken.*

1836 Słowacki reist nach Italien. In Rom lernt er Zygmunt Krasiński (1812–1859) kennen. Von Neapel bricht Słowacki im Sommer zu einer Orientreise auf. Seine Route führt ihn über

Griechenland nach Alexandria. In Ägypten beginnt Słowacki mit der Arbeit an seinem poetischen Reisebericht *Reise von Neapel ins Heilige Land.*

1837 In Jerusalem verbringt Słowacki eine Nacht am Grab Christi. Den ganzen März zieht er sich in ein Kloster im Libanon zurück und vollendet dort die erste Fassung des rhythmisierten Prosatextes *Anhelli.* Im Juni ist Słowacki wieder in Italien und reist nach Florenz.

1838 Słowacki faßt eine Heirat mit Aleksandra Moszczeńska ins Auge und zögert deshalb seine Abreise nach Paris heraus. Bald jedoch zerschlägt sich diese Hoffnung; Słowacki verfaßt in Florenz zwei Abschiedssonette *An A. M.*

1839 Słowacki kehrt nach Paris zurück. Dort erscheint sein Drama *Balladyna.* Im selben Jahr schreibt Słowacki zwei weitere Theaterstücke, *Mazepa* und *Lilla Weneda.*

1841 Słowacki arbeitet intensiv an seinem historisch-romantischen Versepos *Beniowski*, dessen erste fünf Gesänge im Mai gedruckt werden.

1842 Den ganzen Sommer über weilt – wenig willkommen – Eglantine Pattey bei Słowacki zu Besuch. Ihre Abreise erfüllt den Dichter mit Erleichterung. Słowacki schließt sich dem mystischen Kreis um Andrzej Towiański (1799–1878) an, zu dem auch Adam Mickiewicz gehört.

1843 Im Herbst tritt Słowacki wieder aus dem Towiański-Kreis aus. Einerseits mißfallen ihm die sektiererischen Züge der Gesellschaft, andererseits lehnt er Towiańskis servile Haltung gegenüber Rußland ab.

1844 Im bretonischen Pornic entsteht der mystisch-philosophische Traktat *Die Genesis aus dem Geiste.*

1845 In Paris kommt es zu einem unangenehmen Zwischenfall, der den Höhepunkt des sich seit 1843 verschärfenden Konflikts zwischen Słowacki und Zygmunt Krasiński markiert. Bei einer Begegnung auf der Straße verhält sich Krasiński, als kenne er Słowacki nicht. Nur mit Mühe kann Słowacki davon abgehalten werden, Krasiński zum Duell zu fordern. Im selben Jahr entsteht auch Słowackis „Antwort" auf Krasińskis *Psalmen der Zukunft.* In seinem poetischen Traktat warnt Krasiński vor dem Gespenst der Revolution und ruft zur nationalen Einheit auf. Słowacki hält dieser konservativen Ideologie seine dynamische Vision der Welterneuerung aus dem Geist entgegen.

1846 Słowacki beginnt mit der Arbeit an seinem umfangreichen historiosophischen Poem *König Geist*, das ihn bis zu seinem Tod beschäftigen wird.

1848 Nach dem Ausbruch der Februarrevolution in Paris reist Słowacki nach Posen und nimmt an einigen Versammlungen des nationalen Komitees teil. In Breslau kommt es zu einem letzten Wiedersehen mit der Mutter.

1849 Am 3. April 1849 stirbt Słowacki in Paris an Tuberkulose. In der Woche zuvor wird der todkranke Dichter vom späteren Erneuerer der polnischen Poesie, dem damals noch unbekannten Cyprian Norwid (1821–1883), aufgesucht.

Verzeichnis der polnischen Gedichte

Verzeichnis der deutschen Gedichte

Text- und Bildnachweis

Der polnische Text folgt im wesentlichen der von Julian Krzyżanowski betreuten kritischen Ausgabe Juliusz Słowacki, Dzieła, *Bde. I–III, Wrocław 1952. Das Frontispiz mit Słowackis Unterschrift wurde dem Band Juliusz Słowacki,* Gedichte, *Berlin 1959, entnommen. Die Abbildungen der Ludwika Śniadecka und der Mutter stammen aus Jerzy Starnawski,* Juliusz Słowacki we wspomnieniach współczesnych, *Wrocław 1956; die Abbildung der Maria Wodzińska aus Eugeniusz Sawrymowicz,* Juliusz Słowacki, *Warszawa 1966; Słowackis ägyptische Reiseskizzen finden sich in Zbigniew Sudolski,* Słowacki. Opowieść biograficzna, *Warszawa 1996. Für das freundliche Bereitstellen der Bildvorlage für die Tellskapelle am Vierwaldstättersee danken Verlag und Autoren Thomas Christen (Tell Museum Uri, Bürglen).*

Die Deutsche Bibliothek – CIP-Einheitsaufnahme
Słowacki, Juliusz:
Des Dichters größter Ruhm : ausgewählte Lyrik ;
polnisch-deutsch / übers. von Christoph Ferber.
Mit einer Einf. von Peter Brang
und einem Nachw. von Ulrich Schmid. –
Mainz : Dieterich, 1997
ISBN 3-87162-041-6
NE : Ferber, Christoph [Übers.]